KB059093

빛의 입자가 눈으로 모습을 바꾸고
마을 전체에 가루눈이 내린다──

"응, 왜 그래,
자쿠로?"

"눈에 반응하는 거
아닐까요?"

마기 Magi

톱 생산직 중 한 명으로 무기 제작자.
미완성 동복 장비를 완성시키기 위해,
윤이나 클로드 등과 소재 수집에 나선다.

윤 Yun

[아트리엘]을 경영하는 생산직 플레이어.
겨울의 대규모 이벤트에서는 숨겨진
퀘스트를 차례로 발견하게 된다.

"동복도 은색 장비!"

뮤우 *Myu*
한 손 검과 백마법을 구사하는 팔라딘.
동복 장비에 돈을 아끼지 않고 마기에게 부탁했다.
은색의 것이라면 사족을 못 쓴다.

〈대차륜〉!!

"슬슬 지는 건! 열 받아!"

라이나 Lyna

길드 [신록의 바람]에 소속된 신인 플레이어.
쌍둥이 동생 알과 태그를 짜는 단창잡이.
겨울의 대규모 이벤트에서는 윤과 함께
복수의 퀘스트에 도전하여 성장을 보인다.

온리 센스 온라인
9

아로하자초 지음 ㅣ **유키상** 일러스트 ㅣ **한신남** 옮김

커버 그림, 본문 일러스트 | **유키상**

Only Sense Online
겨울의 퀘스트 이벤트와 성수화

Only Sense Online
온리 센스 온라인
Online 09

윤 Yun

최고로 인기 없는 무기 [활]을 택해버린 초심자 플레이어. 수습 생산직으로서 부가 마법이나 아이템 생산의 가능성을 깨닫기 시작하고 ―――

뮤우 Myu

윤의 리얼 여동생. 한 손 검과 광 마법을 다루는 성기사로 완전 전위형. 베타판에서는 전설이 될 정도의 치트급 플레이어.

마기 Magi

톱 생산직 중 한 명으로 플레이어들 중에서도 유명한 무기 장인. 윤의 든든한 선배로 충고를 해준다.

세이 Sei

윤의 리얼 누나. 베타판부터 플레이한 최강 클래스의 마법사. 수 속성을 주로 다루고 모든 등급의 마법을 구사한다.

타쿠 Taku

윤을 OSO로 끌어들인 장본인. 한 손 검을 다루고 경갑옷을 장비하는 검사. 공략에 애쓰는 정통파 플레이어.

클로드 Cloude

재봉사. 톱 생산직 중 한 명으로 의복류 장비품 가게의 주인. 윤이나 마기의 오리지널 장비 클로드 시리즈를 만들었다.

리리 Lyly

톱 생산직 중 한 명으로 일류 목공 기술자. 지팡이나 활 등의 수제 장비는 많은 플레이어에게 인기를 얻고 있다.

서장　업데이트와 성수화

"후후후! 왔다! 왔다, 왔다, 왔다! 왔어! 오빠!"

"……대체 뭔가. 자, 장 보러 가자."

초겨울의 따뜻한 날씨도 순식간에 지나가고 겨울이 오는 것을 느끼게 하는 12월.

우리가 사는 동네는 눈이 쌓이는 지역이 아니지만, 그래도 가벼운 점퍼나 코트를 걸치고 싶어질 정도로 춥다.

"이제 곧 크리스마스야! 왠지 신나는 기분이 들기 시작해!"

"그래. 바쁜 시기가 되었다고 생각하니 기분이 쳐지네."

"크리스마스에 연말, 그리고 새해! 연말 대목이 시작돼! 신작 게임의 발매 러시인데 기분이 쳐질 리가 없잖아!"

내 동생 미우는 눈을 반짝반짝 빛내면서 내게 역설하였다.

"아니, 게임을 그렇게 많이 사지도 못 하고, 애초에 할 시간이 있어?"

"그거야 짜내면 돼! 적은 시간으로 조금씩 조금씩. 아, 게임 가게에서 전단지 받아와도 돼? 나중에 언니나 타쿠 오빠랑 이야기하게."

"받아오는 건 되는데, 얼른 다녀와라."

게임 가게를 지나치려던 찰나에 미우는 가게의 광고 전단지를 받으러 달려갔다.

"나 참. 본래 목적은 따로 있는데."

나는 한숨을 내쉬며 미우가 돌아오는 걸 기다렸다.

기다리는 동안 하릴없이 들고 있던 메모지를 눈으로 훑었다.

손에 든 메모지에는 크리스마스케이크나 오르되브르, 정월요리 예약 주문에 대해 적혀 있었다.

"으으, 춥다. 얼른 끝내고 집에 가자."

미우는 크리스마스케이크를 고르려고 따라왔는데, 이렇게 옆길로 샐 거면 먼저 종류만 고르게 한 뒤 혼자서 예약할 걸 그랬다며 살짝 후회했다.

그런 추운 날씨 속에서 기다리는데, 휴대전화를 한 손에 들고 미우가 신이 나서 돌아왔다.

"오빠! 이벤트야! 이벤트!"

"날이면 날마다 이벤트 같은 것에 둘러싸인 일본인이 할 말이야?"

"그거 아냐! OSO의 공식 이벤트 안내야! 봐!"

"아하, 그런가."

분명히 주위의 크리스마스 컬러에 물든 가게 중 어딘가가 이벤트를 하는 건가 싶었는데, OSO의 이벤트였던 모양이다.

"OSO의 공식 이벤트 내용은 기간 한정 퀘스트 이벤트래! 그리고 환경에 따라 [냉기 대미지]의 추가와 [열기 대미지]의 수정이 중심이래. 또 세세한 변경도 있어서 새해에도 업데이트한 데! 기대할 수밖에 없잖아!"

미우는 정말로 기대되는 건지 내 머플러 끝을 잡아당기면서 내게 얼마나 기대되는지 전달하려고 필사적이었다.

지나치는 주위 사람들은 그런 미우에 모습이 흐뭇한 시선을 보냈지만, 나는 창피해서 적당히 미우의 머리를 눌러 제지하였다.

"진정해. 그렇긴 해도 이렇게 바쁜 연말 때에 이벤트를 하다니……."

OSO의 운영진들은 바빠서 죽는 거 아냐? 싶었는데 문득 OSO 개발부 부장이라던 남자의 얼굴이 머리를 스쳤다.

"우우, 오빠는 너무 차가워! 더 즐겨야지!"

"어, 그래, 그래. 아, 맞다, 미우, 뭐 갖고 싶은 거 있어?"

"어? 으음, 단밤이나 과자라도 살까, 코타츠에서 씁쓸한 차라도 마시면서 느긋하게 보내자."

크리스마스 시즌이니까 거기에 맞는 과자라도 요구할까 싶었는데 의외의 선택지였다. 하지만 그것도 괜찮겠다 싶었다.

"그런데 크리스마스 시즌에 이벤트를 하고 쉴 틈도 없이 연말 업데이트라고?"

나는 미우가 보여주는 휴대전화 화면을 보며 이벤트 일정을 확인했다.

거의 보름 동안 개최되는 이벤트는 딱 크리스마스 시즌에 걸쳤고, 그 뒤로 1주일도 지나지 않아서 연말 업데이트가 있다.

그리고 미우가 들뜨는 것에는 또 하나의 이유가 있었다.

"기대된다. 크리스마스 이벤트도 그렇지만, 크리스마스에는 시즈카 언니가 돌아오니까!"

"그 전에 겨울방학에 들어가니까 숙제는 꼬박꼬박 해."

"아윽! 기분 쳐지는 소리 하지 마!"

크리스마스 전에 겨울방학에 들어가지만, 크리스마스나 정월에 마음이 풀어질 듯한 미우에게 못을 박아두었다.

시즈카 누나는 연말연시에 잠시 집에 귀성하니까 푹 쉬게 해주고 싶다.

이럭저럭하는 사이에 나와 미우는 크리스마스 장식이 된 케이크 가게 앞에 도착해서 안으로 들어갔다.

"자, 케이크 가게에 왔는데, 뭘 먹고 싶은지 정했어?"

"으음. 사전에 후보를 세 개로 좁혔는데, 전부 다 사면 ——"안 돼, 포기해."——그렇겠죠~."

그렇게 말하며 미우가 크리스마스 케이크의 후보로 딸기 케이크와 부쉬 드 노엘, 과일 롤 케이크를 앞두고 진지하게 고르기 시작했다.

가격도 대충 비슷한 세 종류의 케이크를 앞에 두고 귀여운 얼굴에 주름을 만들며 생각하는 미우를 보며 점원이 쓴 웃음을 지었다.

"좋아! 정했어! 부쉬 드 노엘로 예약할래."

"그거란 말이지."

미우가 고른 건 초콜릿 코팅이 된 표면에 가루설탕을 뿌

린 부쉬 드 노엘이었다.

"딸기 케이크는 어느 계절에든 먹을 수 있지만, 이왕이면 크리스마스 시즌이 느껴지는 쪽이 좋으니까. 아, 하지만 과일 롤 케이크도 계절별로 과일이 다르니까 그것도 먹어보고 싶었는데."

미우가 그렇게 말하기에 마음이 변하기 전에 점원에게 주문했다.

미우는 아쉬운 눈치로 다른 케이크를 보면서도 꾹 참고 얼른 돌아가자고 말했지만, 아직 살 건 더 남아 있었다.

"오르되브르랑 정월 요리도 예약해야지."

"오오! 그랬다!"

순간 내 제지에 불만스러운 얼굴을 했지만, 아직 예약이 다 끝나지 않은 것을 떠올리고 미우는 곧바로 밝은 표정을 하였다.

오르되브르와 정월 요리는 매년 정해진 것을 구입하기 때문에 케이크만큼 고민할 필요가 없지만, 그래도 쇼핑은 즐거운 모양이다.

얼추 예약 주문을 마치고 저녁 찬거리도 산 뒤에 귀가할 무렵 미우의 마음은 완전히 OSO로 쏠려 있었다.

"다녀왔습니다~. 그리고 OSO 점검으로 변한 점을 확인하고 올게!"

미우는 벌써부터 자기 방으로 달려가서 OSO에 로그인하였다.

"나 참. 아직 이벤트는 시작도 안 했는데 그렇게 서둘러도 의미 없잖아."

그렇게 말하면서도 나도 사온 식재료를 냉장고에 정리하면서 겨울 이벤트에 대해 생각하였다.

"센스를 어떻게 할까."

이벤트까지 얼마 남지 않은 기간 동안 어느 센스를 집중적으로 강화해야 할지 살짝 고민되었다.

소지한 생산계 센스 중에는 새롭게 성장, 파생시킬 수 있는 센스가 두 개 있다.

전투계 센스의 [활] 센스나 [지 속성 재능] 센스도 조금 집중해서 레벨을 올리면 곧 성장, 파생시킬 수 있겠지.

다만 그것들을 양쪽 다 키우기에는 시간이 부족하다.

전투계 센스를 고를까, 생산계 센스를 고를까.

"딱히 서둘러 정할 필요도 없고, 평소처럼 하면 되겠지."

미우나 타쿠미 등에게 협력을 받아가면서 억지로 고밀도의 하이스피드 레벨업을 하면 불가능까진 아니다.

하지만 나는 그들과 달리 느긋하게 마이페이스로 즐기고 있다.

그러니까 센스 구성도 그렇게 깊이 생각하지 않아도 된다는 마음이 생겨났다.

"……그러고 보면 미우는 딸기 케이크랑 과일 케이크도 먹고 싶어 한 걸로 보였는데."

방금 사온 것들을 다 정리한 나는 아까 케이크 가게에서의 모습을 떠올렸다.

"……뭐, 크리스마스도 가깝고 하니까 [요리인] 센스라도 레벨 올릴까."

결국 레벨을 올릴 센스는 생산계 중에서도 [요리인] 센스로 결정했다.

나도 방으로 돌아가서 책상 위에 놔둔 VR기어를 머리에 장착하고 침대에 누웠다.

어둡게 가라앉는 감각에 몸을 맡기고 OSO에 로그인하였다.

●

"휴우, 도착. 으앗, 추워!"

로그인한 나는 [아트리엘]의 공방에 내려서는 동시에 추위에 몸을 떨었다.

메뉴를 열고 공방이 추운 원인을 찾아보니, 이벤트 전의 소규모 업데이트 공지가 있었다.

냉기 대미지 추가의 준비로서 에어리어별의 기온 변화나 사계절의 기온 변화를 추가한 모양이었다.

"케이크 운운할 때가 아냐. 냉기 대미지 대책을 해야지. 게다가 내 장비는 여름에 만든 거니까 꽤나 추워."

내 방어구인 오커 크리에이터는 민소매에 반바지이기 때문에 팔이나 다리가 꽤나 춥다.

"으으, 진짜 추워. 어떻게든 나아지는 아이템 없나."

나는 얼른 [아트리엘] 안에서 쓸 만한 아이템을 찾기 시작했고 잠시 뒤에 유용할 듯한 아이템을 발견했다.

"지금은 이걸로 데우면 되겠지."

그렇게 말하며 꺼낸 것은 여름의 캠프 이벤트에서 입수한 [오븐 스토브]였다.

이걸 쓰면 크리스마스 케이크나 로스트 치킨을 구울 수 있는데, 지금은 오븐보다도 스토브 기능 쪽이 중요했다.

그걸 [아트리엘]의 점포로 가져가서 카운터 옆에 설치하고 불을 붙였다.

"스토브는 설치했으니까 나중에 물이라도 끓여서 차를 마셔야지. 그 외에 쓸 만한 게 있으려나."

설치한 [오븐 스토브] 위에 물을 담은 주전자를 올리면서 달리 추위 대책에 쓸 만한 것을 찾아보았다.

내가 시선을 준 곳에서는 빨간 젤 형태의 물체가 사역 몹인 검은 새끼 여우 자쿠로의 깔개가 되어서 변형하고 있었다.

그 붉은 물체는 히트젤, 자쿠로가 추위 대책으로 그 위에 올라가서 잠든 모습을 보고 흐뭇하게 느끼면서도, 나 자신은 추위에 몸을 떨며 서둘러 생산 준비를 하였다.

"오래간만에 합성 몹을 만들까."

[합성] 센스로 만들어내는 합성 몹 중에서도 탕파 대신으로 써먹을 만한 히트젤을 만들어내기로 결심했다.

나는 블루포션의 소재로서 항상 갖추어놓는 블루젤리를 베이스로 삼아서 불, 물, 바람, 땅의 네 속성 소재를 준비했다.

그걸 합성진 위에 설치하고 5종 합성으로 [슬라임의 핵석]이라는 합성 몹을 소환하는 아이템을 만들었다.

거기에 내가 노리는 합성 몹을 만들기 위해서 화 속성의 소재와 [블루젤라틴]을 합성했다. 그렇게 해서 [아트리엘]에 이미 있는 합성 몹인 히트젤과 똑같은 핵석을 만들어낼 수 있었다.

"좋아, 오래간만에 만들었지만 문제없군. ──〈소환〉!"

소환한 히트젤은 붉은 색의 반투명한 슬라임이다. 보통 슬라임과 비교해서 탄력이 있어서 쿠션으로 딱 좋은 강도인 동시에 화 속성을 가졌기 때문에 스스로 발열하여서 따뜻하다.

얼른 만져보니 손바닥에 살며시 온기가 퍼졌다.

"으음, 한 마리로는 따뜻한 기분이 드는 정도로군. 발밑에 두면 조금 다를까?"

나는 카운터 밑의 바닥에 히트젤을 두고 그 위에 부츠를 벗은 발을 올려놓았다.

뜨끈뜨끈한 온기와 부드러운 탄력이 발바닥 전체에 돌아왔다.

추위 대책으로는 발밑과 배 부근에 한 마리씩 준비해야겠다고 생각했다.

"달리 쓸 만한 건…… 들개의 모피를 [연금]으로 만든 [커다란 모피]라도 무릎에 걸칠까."

그리고 몇몇 방한 대책이 될 만한 아이템을 카운터 위에 늘어놓다 보니 점점 더 정신없는 상황이 되었다.

　"으음. [냉기 대미지]가 생긴 거니까 만들 수 있는 레시피 중에서 거기에 대응하는 아이템이 있으면 좋겠는데. 그럼 센스 스테이터스를 확인해야지."

　나는 메뉴를 열고 자신의 센스 스테이터스 레벨이나 성장 조건을 만족한 센스를 확인했다.

소지 SP 53
[하늘의 눈 Lv12] [준족 Lv16] [간파 Lv20] [마도 Lv15]
[부가술 Lv37] [지 속성 재능 Lv28] [조약 Lv50] [연금 Lv43]
[합성 Lv43] [생산의 소양 Lv50]

대기
[활 LV48] [장궁 Lv27] [조교 Lv17] [조금 Lv25] [요리인 Lv11]
[수영 Lv15] [언어학 Lv24] [등산 Lv21] [신체내성 Lv3]
[정신내성 Lv1]

인포메이션
— New : [조약]의 레벨이 50에 도달. 상위 센스가 발생.
— New : [생산의 소양]의 레벨이 50에 도달. 상위 센스가 발생.

"으음. [조약]은 상위 센스로 성장시키는 편이 무슨 일이 있을 때에 대응하는 포션을 만들 수 있을 것 같아."

나는 [조약]과 [생산의 소양]의 상위 센스를 취득하기 위해 SP를 여섯 개 소비했다.

소지 SP 47
[하늘의 눈 Lv12] [준족 Lv16] [간파 Lv20] [마도 Lv15]
[부가술 Lv37] [지 속성 재능 Lv28] [조약사 Lv1] [연금 Lv43]
[합성 Lv43] [생산직의 소양 Lv1]

대기
[활 LV48] [장궁 Lv27] [조교 Lv17] [조금 Lv25] [요리인 Lv11]
[수영 Lv15] [언어학 Lv24] [등산 Lv21] [신체내성 Lv3]
[정신내성 Lv1]

각각의 센스를 확인했을 때 큰 변화는 없었다.

레벨업에 따른 스테이터스 상승률 등에 변화가 있겠지만, 센스를 취득한 직후에는 그 은혜가 보이지 않는다.

"으음, 새로운 스킬 같은 건 발생하지 않네. 뭔가 조건이 있나?"

사용 가능한 스킬 일람을 조사했지만, 변화가 보이지 않아서 조용히 메뉴를 닫았다.

"뭐, 아무리 상위 센스의 스테이터스 상승률이 높다고 해도, 레벨 1이면 스테이터스나 스킬 보정은 일시적으로 내려가고. [조약사] 센스가 레벨 5 정도 될 때까지 신중하게 포션이라도 만들까."

조용히 한숨을 내뱉은 나는 일단 [생산직의 소양] 레벨을 올리기 위해 [히트젤의 핵석]을 시작으로 젤 계열 핵석을 차례로 합성하였다.

20개 정도 실패 없이 완성시켜서 [생산직의 소양] 레벨이 2로 오르는 것을 확인했다.

그 뒤에 나머지 소재 숫자를 확인해보니 화 속성의 소재가 부족해졌기에 일단 제작을 멈추고 휴식에 들어갔다.

스토브에 올려놓았던 주전자가 타이밍 좋게 끓었기에 차 준비를 시작했더니, [아트리엘] 입구가 열리고 찬바람이 들어와서 나는 무심코 몸을 떨었다.

거기에 있던 것은 같은 생산직 동료이자 목공사인 리리였다.

"안녕, 윤찌! 그리고 추워!"

"리리, 어서 와. 지금 차 준비하던 참이니까 잠깐 기다려."

"와, 가게 안이 따뜻해!"

나한테 인사도 건성으로 하고 카운터 옆의 [오븐 스토브] 앞에 리리가 자리를 잡았다.

"역시 그 차림은 춥겠어."

"윤찌도 카운터 위에 모피 같은 걸 깔아서 추위 대책 준비 중?"

리리는 내게 물으면서 어깨에 걸친 파트너, 불사조 네시아스와 함께 [오븐 스토브]로 몸을 데웠다.

"뭐, 그렇지. 그렇긴 해도 이제 막 시작했지만."

그렇게 말하며 내가 끓인 홍차를 리리에게 권하자, 리리는 찻잔을 두 손으로 들어서 그 열기로 손을 데우면서 조금씩 마셨다.

"휴우, 편해졌어. 윤찌, 고마워."

"별말을. 그래서 오늘은 무슨 일이라도 있어?"

"그렇지! 들어봐, 윤찌! 시아찌가 커졌어!"

"어? 커져?"

나는 시아찌, 그러니까 네시아스를 보며 고개를 갸웃거렸다.

리리의 어깨에 앉은 붉은색에 금색이 섞인 풍성한 털을 가진 작은 새, 언뜻 봐선 불사조로 보이지 않는 새가 커졌다는 말에 어떤 가능성을 깨달았다.

"혹시 성체가 되었나?"

"그래! 오늘 로그인했더니 [조교] 센스에 EX 스킬 [성수화]와 [유수화]라는 게 추가되었어! 그러니까 윤찌한테 보여주려고 왔어."

"헤에, 기대되네."

나와 리리의 이야기를 들었는지, 돌바닥 위에서 엎드려

있던 뤼이와 자쿠로가 부스스 일어나서 우리 옆으로 다가왔다. 뒤에 남겨진 합성 몹 히트젤은 슬금슬금 지면을 기어서 다른 젤들이 있는 항아리 안으로 돌아갔다.

"뤼이찌도 자쿠로찌도 궁금하구나! 그럼 보여줄게! 시아찌——[성수화]!"

리리가 EX 스킬 [성수화]를 외우는 동시에 어깨에 앉아 있던 네시아스가 날아올라서 공중에서 격렬하게 타올랐다.

"탄다! 타잖아!"

"괜찮아, 지켜봐."

불길에 휩싸인 새끼 불사조는 불똥을 튀기면서 불속에서 그 모습을 키웠다.

그리고 불길 속의 그림자가 성장을 멈추는 동시에 불길이 서서히 작아지고, 그 뒤에는 아름다운 불사조 한 마리가 존재했다.

불똥 같은 입자를 뿌리며 날갯짓하는 그 모습은 어렸을 때보다 아름다워졌다.

그리고 내 입에서 제일 먼저 나온 감상이——

"따뜻하다. 이제부터 [냉기 대미지]로 추워질 테니까 타이밍 좋네."

"윤찌, 모두와 같은 감상을 말해줘서 고마워."

아무래도 네시아스를 구경한 건 내가 최초가 아닌 모양인지, 구경한 사람들 전원이 나와 같은 감상을 품은 모양이었다.

"모두라면 누구?"

"크로찌랑 마기찌야. 두 사람 다 따듯해서 앞으로의 계절에 딱 좋겠다고 그랬어."

"다들 같은 생각이구나."

나는 내가 끓인 홍차를 마시면서 절절하니 중얼거렸다.

뮤우나 타쿠 정도라면 '이상해! 성장했으면 싸우게 해야지!' 라는 소리를 하겠지만, 나로서는 따뜻하게 데워주는 능력은 아주 좋게 여겨졌다.

새끼 동물들은 전투로만 활약하는 게 아니라 다른 장면이라도 좋겠다고 느끼고, 그 점으로 말하자면 리리의 네시아스는 전투 이외의 활약이 기대되었다.

"그럼 구경은 이상 끝! 시아찌, 원래대로 돌아와——[유수화]!"

리리가 [유수화]의 EX 스킬을 발동시키자, 네시아스에서 불길이 나오고 몸이 축소되어서 원래대로 새끼 동물 모습으로 돌아왔다.

"리리, 잘 됐네."

"응! 크로찌의 쿠츠시타찌도 성장했어! 다음은 윤찌와 마기찌의 새끼 동물들이 어떤 식으로 커질지 기대돼."

그렇게 말하며 리리는 무릎을 굽혀서 내 다리 옆에 모여든 뤼이와 자쿠로를 부드럽게 쓰다듬었다.

리리와 새끼 동물들이 장난치는 모습을 한동안 바라보는데, 내 프렌드 통신에 클로드에게서 연락이 들어왔다.

[윤. 리리는 그쪽에 있나?]

"어, 있는데 무슨 일이야?"

[너를 이쪽으로 부르려는데 리리가 먼저 가버렸다. 네가 가게에 없을 가능성도 있는데 말이지. 미안하지만 회수해서 데려와줘.]

"알겠는데, 나를 부르는 거 보면 무슨 일 있어?"

[그래. 마기와 함께 생산직끼리 임시 다과회를 열게 되었다. 미안하지만 서둘러줘.]

"알았어. 그럼 지금 갈게."

나는 클로드와의 간단한 대화 끝에 프렌드 통신을 끊고 아직도 장난치는 리리를 불렀다.

"클로드가 돌아오래. 나도 같이 갈게."

"아! 그랬다! 크로찌를 까먹고 있었어!"

네시아스의 성장이 그렇게 기뻤는지, 혼자서 신이 난 리리를 보며 나는 쓴웃음을 지었다.

"지금 카운터를 정리할 거니까 잠깐만 기다려."

나는 카운터 위에 늘어놓은 아이템들을 죄다 인벤토리에 수납하고 리리와 함께 [아트리엘]을 나섰다.

"으으, 밖은 춥네."

"추우니까 뛰어서 크로찌네로 가자!"

"그래. 〈인챈트〉——스피드!"

나는 스스로와 리리에게 속도 상승 인챈트를 걸고 새끼 동물들을 데리고 종종걸음으로 클로드가 기다리는 [콤네스티 카페 양복점]으로 향했다.

1장   동복과 냉기 대미지

"안녕."

"다녀왔어~."

나와 리리가 [콤네스티 카페 양복점]으로 뛰어들자, 가게 안에 떠도는 커피나 홍차의 향기와 급사 차림의 남녀 플레이어가 나와주었다.

"어서 오세요. 그리고 어서 오십시오. 리리 군이 갑자기 뛰어나가서 놀랐습니다."

"미안해요."

"카리앙, 그 정도로. 클로드 씨가 기다리고 있으니까요."

가게 분위기에 맞춘 멋진 색상의 클래식 타입의 메이드복 차림으로 맞아주는 웨이트리스 여성 플레이어는 카리앙 씨.

그리고 카리앙 씨를 다독이는 같은 색상의 웨이터복을 입은 부드러운 인상의 청년이 라템 씨다.

두 사람은 [콤네스티 카페 양복점]의 양복점 부분에서 활동하는, 조금 특수한 플레이어다.

두 사람 다 카페를 경영해보고 싶어서 OSO를 시작했다는, 전투직도 생산직도 아닌 타입의 플레이어다. 그 외에도 뒤에서 케이크를 굽는 담당인 피오르 씨라는 파티시에 지망의 여성 플레이어도 있다.

카리앙 씨와 라템 씨는 내가 이따금 가게에 올 때에 안면을 익힌 뒤로 서서히 친해졌다는 느낌이다.

오늘 복장은 지난번과 달리 긴 소매와 롱스커트 차림이라서 쌀쌀한 날씨에 대응한 것을 입은 듯했다.

"오늘은 옷차림이 바뀌었네요."

"오늘 로그인했더니 추웠잖아. 그래서 전에 크로 씨가 만든 겨울용 급사복을 서둘러 꺼내왔어. 만날 쓸데없이 코스프레 의상을 양산한다고만 생각했는데, 이번만큼은 감사해야지."

그렇게 말하며 긴소매에 싸인 팔을 주무르는 카리앙 씨를 보고 따뜻해서 좋겠다고 작게 중얼거렸다.

그리고 나와 리리가 카리앙 씨의 안내를 받아 간 곳은 평소에 다과회로 쓰는 방이었다.

거기에 도착한 나와 리리를 마찬가지 생산직이자 재봉사인 클로드와 대장장이 마기 씨가 기다리고 있었다.

클로드는 혼자 우아하게 커피를 마셨지만, 마기 씨는 추운지 다리를 비비면서 홍차를 마시고 있었다.

"불러내서 미안하군, 윤."

"유, 윤 군. 안녕."

"안녕하세요, 라고 말하려고 해도 마기 씨가 왠지 안색이 안 좋아요!"

추운지 떠는 마기 씨는 우리 중에서 제일 노출도가 높은 옷을 입었기 때문에 추위가 그대로 전달되겠지.

마기 씨는 따뜻한 음료를 마시고 클로드의 사역 몹인 행운의 고양이 쿠츠시타를 품에 껴안는 것만으로는 그 추위를 누그러뜨릴 수 없는 모양이었다.

그런데 그렇게 껴안고 있는 쿠츠시타 말인데, 성장한 것인지 평소보다 컸다.

"쿠츠시타의 성수화, 축하한다고 하면 될까?"

"고맙군. 리리의 네시아스와 마찬가지로 자랐는데, 애초에 보조계 사역 몹이니까 그리 큰 변화는 없다."

그렇게 말하며 차로 목을 축이기 위해 일단 말을 끊은 뒤에 클로드가 마기 씨에게 물었다.

"자, 마기도 그 복장이면 힘들겠지. 새로운 장비를 준비할 테니까 입으면 어떨까? 그리고 쿠츠시타를 돌려다오."

"어차피 클로드가 고른 옷이라면 코스프레 쪽일 게 뻔하니까 싫어."

힘없는 목소리로 대답하는 마기 씨는 쿠츠시타를 세게 껴안으며 거부하였다.

"마기 씨, 잠깐 기다리세요."

나는 추위에 견디는 마기 씨를 위해 몇몇 아이템을 꺼냈다.

하나는 방금 전에 만든 [히트젤의 핵석]으로 합성 몹 히트젤을 소환했다.

그걸 마기 씨에게 건네자, 마기 씨는 그걸 배에 밀착시키듯이 세게 껴안았다.

그리고 또 하나, 일시적으로 수 속성 내성을 부여하는 [속성 연고]를 꺼내어 마기 씨의 팔에 문질렀다.

"음?! 왠지 추위가 누그러진 것 같아. 윤 군, 고마워."

아까까지 추위에 떨던 마기 씨가 바로 실감할 수 있을 정도의 효과가 있는 모양이다.

빙긋빙긋 미소를 띠는 마기 씨는 쿠츠시타를 놓아주고 내게 고맙다고 말했다.

이전에 마기 씨와 함께 했던 대장장이 생산 작업이나 화산 에어리어에서 [열기 대미지]를 받은 적이 있는데, 그때 화 속성의 내성을 높이는 것으로 상태를 완화시킨 것을 떠올렸다.

이번에는 그 응용으로 [냉기 대미지]에 대응하는 수 속성의 내성을 높이는 것으로 마기 씨의 추위를 억누를 수 있었다.

"마기 씨, 게임이라고 해도 여자가 몸을 차갑게 하면 안될 텐데요."

"어, 하지만 클로드가 주는 이상한 옷을 입는 건 좀……."

"어디가 이상한 옷이냐."

"마기 씨……."

나는 목소리의 톤을 다소 낮추어서 마기 씨의 이름을 불렀다. 그래도 마기 씨는 주저했다.

"혼자서만 코스프레하는 건 창피하잖아."

"나도 같이 입을 테니까요. 안 추운 옷을 입어요."

내가 마기 씨에게 다정하게 말을 걸자, 클로드가 망토를 휘날리며 일어섰다.

"잘 말했다! 자, 조금 이르지만 그런 너희에게 내가 최고의 온기와 귀여움의 선물을 주지!"

클로드는 그렇게 말하고 인벤토리에서 꺼낸 옷을 우리 앞에 내밀었다.

"아, 알았어."

"크크큭, 너희 전원의 방어구를 누가 만들었는지 잊었나? CS의 이름을 붙인 방어구는 여러 상황을 상정하여 여러 패턴이나 디자인을 준비하였다. 이건 동복 버전이다!"

나와 마기 씨는 받은 장비를 손에 들고 확인했다.

검은색 속옷이 목 언저리까지 뒤덮게 되었고, 하얀 겉옷인 코트도 엉덩이까지였던 길이가 무릎까지 닿을 정도로 길어졌으며 앞쪽으로는 비스듬하게 짧아졌다. 앞에서 보면 미니스커트 같고, 뒤에서 보면 롱스커트로 보인다.

또 코트의 후드 자락에는 푹신푹신한 검은 털을 달아서 따뜻해 보였다.

그 외에도 맨다리를 최대한 냉기에 드러내지 않기 위한 하이삭스나 오른손을 보호하는 털실 장갑까지 준비된 동복 버전의 오커 크리에이터였다.

마기 씨의 장비는 가죽 작업복에 검은 뱀가죽 재킷의 조합이었다. 가슴을 강조하는 딱딱한 가죽 장비에 팔을 보호하는 가죽 글러브는 라이더 슈트 같은 느낌이었다.

리리의 복장에는 딱히 큰 변경점이 없고, 털실 모자나 장갑, 그리고 하얀 타이츠를 입은 정도였다.

"왠지 고집을 부렸던 내가 바보라고 생각될 만큼, 잘 만들어져서 왠지 분해."

"우와, 푹신푹신해서 따뜻하겠어."

"내 장비는 왠지 스커트처럼 보이는데,. 그리고 왜 하이삭스야? 바지면 되잖아?"

그렇게 말하면서 얼른 각각의 방어구를 손에 들고 확인했지만, 그때 클로드가 한 가지 사실을 투하했다.

"아, 말해두겠는데, 리리의 방어구 이외에는 방한 처리가 불충분하니까."

"그럼 왜 꺼냈는데!"

"디자인만큼은 이전부터 되어 있었는데, 방한 처리를 위한 소재가 부족했다."

"그럼 왜 미완성 방어구를 입히는 건데?"

마기 씨의 의문은 당연해서, 나와 리리도 마찬가지로 고개를 끄덕였다.

거기에 대해 클로드는 담담히 설명했다.

"사실 이번에 너희를 부른 건 업데이트로 추가된 [냉기 대미지] 대책으로 이 방어구를 완성시키기 위해서다."

거기서 클로드는 일단 말을 끊었다.

"본래 조금씩 소재를 모아갈 생각이었는데, 업데이트 일정이 결정되었으니 서둘러 만들 필요가 있겠지. 그러니 너희에게도 소재를 모아오라고 마음먹은 것이다."

"흐응. 뭐, 그런 거라면 알았어. 그래서 뭘 모아오면 돼?"

"그건 이 일람에 적혀 있다."

클로드가 꺼낸 종이에 적힌 소재와 그 수집 장소를 보고 우리는 눈썹을 찌푸렸다.

"수집 가능한 에어리어가 다 다르잖아. 지금 가진 소재도 몇 개 있으니까, 나중에 쿄코더러 가져다주라고 할게."

"응. 나한테도 아마 몇 종류 있으니까 마찬가지로 제공할게."

"나한테는 한 종류뿐이야. 방어구의 보강에 쓰는 가죽이 마침 들어왔어."

우리에게 재고가 있다고 한 소재를 일람에서 제외하자, 최종적으로 두 종류의 소재가 부족하다는 게 판명되었다.

"그럼 이 소재를 넷이서 어떻게 분담하여 수집할지 정할까."

종이에 남은 필요 소재는 [실키 스파이더의 실]과 [구름솜털]이었다.

"이걸 얻을 수 있는 장소는……."

나는 수집 가능한 장소를 떠올렸다.

첫 번째 소재인 [실키 스파이더의 실]은 광산 던전에 출현하는 보스몹인 아라크네의 통상 드랍이고, 나와 마기 씨의 방어구를 완성시키기 위해서는 12개가 필요하기 때문에 보스를 여러 차례 잡을 필요가 있다.

그리고 [구름솜털]은 제2마을 부근의 숲 안에서 출현하는 통상 몬스터가 드랍하는 아이템이고, 그 에어리어까지 가려면 인접한 에어리어의 보스와 한 차례 전투해야만 한다.

결국 어느 쪽의 소재도 보스와의 전투를 피할 수 없다.

"나는 [실키 스파이더의 실] 쪽으로 갈까. 광산이라면 내친 김에 광석도 채굴할 수 있겠고, 알케나나 아라크네를 쓰러뜨리고 그 너머의 화산 에어리어에도 가보고 싶어. 게다가 화산 에어리어 근처라면 따뜻해서 추위에 떨 일도 없을 테니까."

그렇게 말하며 마기 씨는 쓴웃음을 지었다.

"나는 화산 에어리어의 던전 안에 있는 경품가게에 있다는 [불쥐의 가죽옷]을 꼭 보고 싶으니까 마기랑 같이 [실키 스파이더의 실] 쪽을 채취하러 가고 싶다."

마기 씨와 클로드가 광산 던전으로 가게 되면, 나와 리리는 자연스럽게 나머지 소재인 [구름솜털]의 수집에 임하게 된다.

"나는 찬성. 새로운 숲 에어리어에 가볼 좋은 기회고, 거기 목재 같은 것도 보고 싶으니까."

"나도 문제없어."

이걸로 소재 수집의 분담이 결정되고, 클로드가 마지막 마무리로 말했다.

"그럼 아까 그 동복을 한 번 입어봐라."

"입어본다고 해도 아직 미완성이잖아?"

"방한처리가 불완전할 뿐이지, 지금 장비보다는 추위에 강하다. 그 동복을 입고 활동하면 지금보다 다소 추위를 개의치 않고 움직일 수 있겠지. 그리고 지금 입은 방어구를 잠깐 빌려줘라."

그 말에 우리가 현재 방어구를 클로드에게 맡기자, 클로드는 전원의 방어구에 임시 방한처리와 그와는 별도의 처리를 하고 돌려주었다.

"다 갈아입거든 동복의 새로운 기능을 설명하지."

나와 마기 씨는 각자의 동복을 받고 가게 안에 있는 탈의실로 향했다.

나는 내 오커 크리에이터를 장비해보았다.

여태까지 팔이나 다리를 노출했기 때문에 동복을 입어보니 피부에 딱 달라붙듯이 감싸는 속옷과 하이삭스의 온기를 느끼는 동시에 롱코트의 가는 벨트에 포션을 넣는 장소가 확보된 것에 배려를 느꼈다.

"확실히 좋은 장비지만, 왠지 롱코트가 스커트 같고, 따뜻하지만 역시 하이삭스가 좀 그래."

오른손으로 속옷 너머로 내 가슴이나 팔을 만지고, 왼손으로 미니스커트 같아진 코트 앞이 말리지 않도록 눌렀다.

아무리 코트 안에 핫팬츠를 입었다고 해도 신경 쓰이는 건 신경 쓰인다.

"그런 디자인이니까. 코트 자락을 스커트로 보이게 하고, 하이삭스와 스커트 사이의 절대영역을 강조하는 디자

인이다."

"그런 콘셉트 필요 없으니까!"

내 항의의 목소리에 이어서 마기 씨도 옷을 다 갈아입고 탈의실에서 나왔다. 예상대로 라이더 슈트 같은 장비였다. 아직 미완성이라서 세부의 장식이 부족하지만, 슈트가 몸에 딱 달라붙어서 가슴이 강조되는 바람에 눈 둘 곳이 곤란했다.

"윤 군, 귀엽네."

"으윽, 나는 귀엽다기보단 멋지단 말을 듣고 싶은데요."

마기 씨에게서 눈을 돌리면서 나는 작게 한숨을 내뱉었다.

리리는 먼저 장비를 다 갈아입고 차와 과자를 먹으면서 기다리는 듯했다.

"그럼 새로운 기능을 설명하지. 그렇다고 해도 거창하게 말할 정도는 아니다. [장비의 연결화]를 했을 뿐이다."

"[장비의 연결화]?"

낯선 말에 내가 고개를 갸웃거리자, 클로드가 설명해주었다.

"[장비의 연결화]란 두 종류 이상의 장비로 추가효과를 공유할 수 있도록 설정하는 것이다. 뭐, 말하자면 같은 강화 소재를 사용하여 겉모습만 바꾸는 기능이란 거지."

그 성질상 유니크 장비나 드랍 장비는 [장비의 연결화]가 불가능하고, 플레이어가 만든 것에만 한한다.

그 기능은 장비의 간단 변환이 메인이고, 메리트로는 복수의 장비에 각각 같은 추가효과를 준비하지 않아도 된다는 점에 있다.

다만 디메리트도 당연히 있어서, 방어구의 내구도를 회복시키는 수리 난이도가 다소 상승한다는 모양이다.

"다른 차이점으로는 베이스가 되는 방어구로서의 성능도 당연히 바뀐다. 원래 방어구와 똑같은 방어력을 갖지만, 이번 동복의 경우 그 일부를 방한처리에 돌렸기 때문에 방어 성능은 본래의 약 9할 정도일까. 다른 녀석이 처리하면 7할 정도로 감소하겠지만."

"은근히 자랑이냐. 그보다 [장비의 연결화]란 게 자주 쓰이는 거야?"

"거의 쓰이지 않지. 쓰인다고 해도 인터넷 아이돌 같은 플레이어가 노래하고 춤추는 도중에 순식간에 의상을 갈아입거나 변신 라이더 흉내를 내며 장비를 바꾸거나 벗겨버리는 정도다."

나는 마법소녀나 바이크를 탄 정의의 히어로, 황금기사가 무장을 해제하여 팬티 한 장 차림이 되는 모습 등을 상상했다.

"하지만 하복과 동복이 있으면 더 이상 [장비의 연결화]를 할 필요도 없네."

"그래. 나도 따뜻한 에어리어는 여태까지의 옷으로, 추운 에어리어는 동복으로 갈아입으며 활동할래."

마기 씨와 리리가 나란히 말했지만, 클로드의 웃음이 더

욱 깊어졌다.

"나로서는 더 많은 장비를 입어주었으면 싶은데."

"여러 장비라니, 아이디어가 그렇게 많아?"

"아이디어는 무수하게 있지. 다만 그건 다음 기회로 하지."

나로서는 가장 듣고 싶지 않은 말이다.

오늘은 시간적인 문제로 그대로 아이템을 찾으러 갈 수 없기에, 나는 나중에 리리와 시간을 맞추어 함께 나가기로 약속했다.

리리만큼은 동복이 완성되었기에 그걸 받아갔고, 나와 마기 씨는 동복의 [장비의 동결화]를 해제시켜서 클로드에게 돌려주었다.

소재가 갖추어져서 동복이 완성되면 다시금 정식으로 받을 예정이다.

또 헤어질 때 클로드는 다른 플레이어가 방한처리를 필요로 할 가능성이 있으니까 재봉계 소재를 최대한 많이 원한다는 말을 내게 하였다.

●

훗날, 나와 리리는 제2마을 포탈 앞에서 만났다.

서로 소재 수집 준비를 마치고 클로드에게 부탁받은 소재 [구름솜털]을 드랍하는 몬스터 [플래프 클라우드]가 출현하는 에어리어로 향했다.

"리리는 준비 괜찮아?"

"응, 완벽해. 윤찌 쪽은 동복이 아닌데 괜찮아?"

"아직 냉기 대미지가 도입되기 전이니까 문제없겠지. 다만 전투 쪽은 불안할까? 연대는 어떻게 할래?"

"으음. 우리가 갑자기 연대를 하려고 해도 어려우니까, 서로 방해가 되지 않을 정도로 자기가 할 수 있는 일을 하는 게 좋지 않을까?"

"그럼 알았어."

나는 내 무기인 [검은 소녀의 장궁]의 감촉을 확인하고, 식칼 등의 무기가 들어 있는 허리의 벨트 위치를 최종적으로 조정했다.

리리는 동복 장비인 털실 장갑을 끼고서 잘 쥐어지는지 확인하려고 한 쌍의 나이프를 순수(順手)와 역수(逆手)로 각각 쥐고 가볍게 휘둘렀다.

"도중의 적은 기본적으로 무시하고 단숨에 보스가 있는 장소까지 갈까. 그 다음은 목표 에어리어의 포털을 등록한 뒤에 소재를 모으자."

"알았어. 그리고 윤찌, 제안이 하나 있는데 괜찮을까?"

리리가 날 올려다보았다.

"뭔데, 갑자기?"

"어느 쪽이 먼저 보스가 있는 장소까지 도달할지 경주 안 할래?"

"무슨 애 같은 소리를──"준비, 땅!"──아닛! 어이, 리리!"

나는 거절하려고 했지만, 그보다 먼저 리리가 일방적으로 스타트 신호를 하고 뛰어갔다.

다짜고짜로 스타트 대시로 숲속으로 들어가는 리리.

나는 다급히 그 뒤를 쫓았기에 결과적으로 경주하게 되었다.

"윤찌! 얼른 안 오면 혼자서 보스 쓰러뜨린다!"

리리는 생산직이면서도 척후계 센스 구성을 했기 때문에 SPEED 스테이터스가 높아서 순식간에 숲속을 돌파하였다.

"이거야 원. 좋아! 질까 보냐! 〈인챈트〉——스피드!"

리리를 뒤따라 잡기 위해 나 자신에게 속도상승 인챈트를 걸었다.

갑작스러운 스타트 대시로 벌어진 거리가 서서히 줄어들기 시작하는 걸 보고 리리는 "도망치자~!"라고 웃으면서 달리는 속도를 끌어올렸다.

"빠르잖아! 칫, 적이 모이기 시작했나."

보스가 있는 곳까지 최단거리로 통과했기 때문에 필연적으로 도중에 있던 몬스터를 끌어들였다.

나는 벨트에서 식칼을 뽑고 나무들 사이에서 튀어나오는 곤충형 몬스터들을 베고, 때로는 피했다.

우리의 진로를 가로막듯이 튀어나온 거대 메뚜기——[블릿 로코스트].

리리를 짓뭉개려고 나무 위에서 자유 낙하한 거대한 유충——[패럴라이즈 캐터필러].

딱딱한 껍질과 직선형의 돌진으로 나무들을 쓰러뜨리고 독액을 날리는──[블루 비틀].

진로에 방해되는 블릿 로코스트를 베어버리고, 자유 낙하하는 패럴라이즈 캐터필러의 공격을 봄 마법으로 상쇄했다.

일반적으로 싸우면 이길 수 있는 상대를 무시하고 돌진했지만, 놈들을 너무 많이 끌어들이면 몬스터 트레인이 되기 때문에 모인 몬스터들을 적당히 줄일 필요가 있었다.

걸음이 느린 패럴라이즈 캐터필러는 무시해도 좋다.

집요하게 쫓아오는 블릿 로코스트와 블루 비틀은 돌아보며 활 계열 아츠를 날렸다.

"──〈궁기 ─ 질풍일진〉!"

신록색의 꼬리를 끈 화살이 곤충 몬스터의 집단을 꿰뚫었다.

화살은 몬스터에게 꽂히지 않고 그대로 뒤로 통과했지만, 그 뒤를 쫓아서 신록색의 풍압이 퍼지며 곤충 몬스터의 집단에 대미지를 주었다.

비교적 약한 블릿 로코스트가 단숨에 쓰러지고, 남은 블루 비틀이 쫓아왔지만 어느 정도 거리가 벌어지면 자연히 우리를 놓치는 모양이었다.

다시금 전방으로 눈을 돌리자, 앞을 달리던 리리가 전방에서 공격해 오는 몬스터를 양손의 나이프로 스치듯이 베어버리고 그대로 보스에게로 달려갔다.

그리고 보스를 눈앞에 두고 리리가 달리던 속도를 늦추었다.

"도착! 그리고 내 승리야!"

"허억허억, 리리, 빠르잖아. 아니, 스타트 대시를 빼면 거의 비슷하잖아."

"그래. 하지만 내가 선행하지 않았으면 여기까지 올 수 없었으니까 역시 내 승리!"

"그래, 그걸로 됐어."

실제로 도중에 튀어나온 메뚜기나 유충의 점착실을 선행한 리리가 베어내면서 전진한 것은 사실이고, 나로서는 그런 움직임이 불가능하다.

"하지만 윤찌가 뒤따라오는 몹들을 대처해줘서 나는 안심하고 선행할 수 있었어. 고마워."

"나 참……."

나는 정면에서 감사의 말을 듣고 뒤통수를 긁으면서 다소 멋쩍어했다.

"아니, 잡담을 할 시간은 없어. 소재를 모으려면 시간이 아무리 많아도 부족하니까."

클로드에게 부탁받은 소재 이외에도 유용한 아이템이 손에 들어올지도 모르고, 그걸 모으는 게 좋다.

"그래. 그럼 보스와 싸울까."

우리는 보스가 기다리는 장소로 발을 들여놓았다.

주위에 우거진 나무들이 광장에 비쳐드는 햇살을 차단하는 곳, 그 중심에 보스는 있었다.

말라버린 나뭇가지 같은 색깔의 가느다란 팔다리와 몸으

로 주위 나무들로 의태한 사마귀형 보스몹——[킬러 맨티스]가 기다리고 있었다.

"선수필승! 윤찌, 먼저 갈게!"

"어, 어이!"

기다리는 보스에게 덤벼드는 리리.

자그마한 몸으로 높게 도약해서 가는 몸에 얹힌 역삼각형의 사마귀 머리에 오른손의 나이프를 휘둘렀다.

킬러 맨티스는 그걸 오른쪽 앞다리로 받아내고 왼쪽 앞다리를 쳐들어서 반격에 나섰다.

"으앗!"

날아드는 왼쪽 앞다리의 공격을 다른 손의 나이프로 받아내는 리리.

그 반동으로 킬러 맨티스와의 거리를 벌리고, 공중에서 몸을 비틀어 착지했다.

"아, 위험했다!"

"아무런 준비도 없이 가지 마! 〈인챈트〉——어택, 디펜스, 스피드!"

나는 내심 식은땀을 흘리면서 나와 리리에게 3중 인챈트를 걸었다.

싸움을 다시금 시작되고, 우리는 킬러 맨티스의 무기질한 눈을 지그시 바라보았다.

나는 활에 화살을 메기고, 리리는 자신의 몸의 사각이 되는 위치에 두 자리 나이프를 순수와 역수로 고쳐들고 무릎을 고쳐 자세를 낮추었다.

조용한 눈싸움이 계속되는 가운데, 처음에 움직인 것은 리리였다.

인챈트로 강화된 순발력으로 방금 전보다 빠르고 강한 일격으로 킬러 맨티스에게 달려들었지만, 그건 오른쪽 앞다리에 가로막혔다.

킬러 맨티스는 다시금 왼쪽 앞다리로 카운터를 날려서 리리를 노렸지만, 리리는 그 전에 그 다리의 궤도에서 이탈하였다.

계속해서 한 번, 두 번 풋워크를 구사해서 히트 앤드 어웨이를 거듭하는 리리.

하지만 리리의 공격은 곤충의 복안 때문에 어느 각도로 공격해도 읽혔다.

또한 상승한 속도를 이용하여 억지로 일격을 먹이려고 해도 가늘고 부드러우면서도 단단한 방어력을 가진 사마귀 앞에서는 큰 대미지를 줄 수 없었다.

어웨이 때의 빈틈을 찔러 휘두른 앞다리가 리리의 어깨를 스치고, 리리는 역으로 뼈아픈 반격을 받았다.

"——복안으로 사각을 커버하고 높은 물리 스테이터스인가. 리리, 포션을 써."

나는 리리에게 하이포션을 던져주고, 그걸 받은 리리가 단숨에 마셨다.

제2마을 근교의 숲에 있는 잡몹들과 비교하면, 에어리어

난이도에 맞지 않을 만큼 강한 킬러 맨티스.

하지만 클로드가 보기로는 나와 리리의 변칙 파티로도 충분히 승산은 있을 터였다.

"그럼 내 공격은 이거군. 〈커스드〉――디펜스, 마인드!"

나는 커스드로 두 종류의 약체화를 킬러 맨티스에게 거는 동시에 화살을 날렸다.

두 종류의 커스드로 방어력이 떨어진 킬러 맨티스였지만, 그 날카로운 낫으로 날아오는 화살을 베어냈다.

하지만 사실 내가 날린 화살은 미끼고, 몸을 낮추어 접근했던 리리가 킬러 맨티스의 복부에 역수로 든 나이프를 휘둘렀다.

"좋아! 이거라면 할 수 있어!"

"그래! 팍팍 가자!"

나와 리리는 킬러 맨티스와 충분히 싸울 수 있다는 느낌으로 공격을 계속했다.

리리는 아까와는 타이밍을 바꾸어서 히트 앤드 어웨이를 반복했고, 킬러 맨티스는 차츰 리리에게 어그로가 쏠렸다.

"가라! ――〈연사궁 2식〉!"

충분히 리리에게 어그로가 몰린 것을 확인한 나는 단숨에 두 대의 화살을 연속으로 날렸다.

리리를 정면으로 보면 내게 비스듬하게 서게 된 킬러 맨티스에게 날아간 화살 하나는 왼쪽 앞다리에 막혔고, 다른 한 대도 몸에 튕겨났다.

"내 화살은 안 통하나."

"그래. 그대로면 좀 화력이 부족하니까, 윤찌, 더 화력이 강한 아츠 부탁해!"

"알았어."

리리는 끊임없이 공격을 가해서 킬러 맨티스의 어그로를 벌고, 나는 아츠의 대기시간이 끝나는 대로 화력이 강한 아츠를 날렸다.

"단단한 방어를 꿰뚫는다! ——〈궁기 — 단발꿰기〉!"

세게 잡아당긴 시위에서 날아간 화살이 똑바로 킬러 맨티스의 정면으로 향했다.

킬러 맨티스는 두 다리를 교차시켜서 아츠로 위력이 강해진 화살을 막아내었지만, 빠직빠직 소리를 내며 사마귀의 가는 몸이 뒤로 밀려났다.

방어 자세를 취하며 버티는 킬러 맨티스의 품에 리리가 순식간에 파고들어서 나이프를 휘둘렀다.

"——〈소드 댄스〉!"

춤추는 듯한 스텝을 밟으면서 리리가 푸르스름한 빛을 내는 두 손의 나이프로 연속 공격을 날렸다.

"윤찌, 이제 이걸 반복하면 돼!"

"리리는 적의 공격을 맞지 마! 그렇게 내구력이 높지 않잖아!"

"괜찮아! 회피는 자신 있으니까……. 우왓! 위험했다!"

"휴우. 식은땀 좀 안 나게 해줘. 조금만 더 있다가 다음 것

쏜다!"

"알았어. 안전제일이야."

아츠를 날린 직후의 경직시간 때문에 킬러 맨티스의 공격을 맞을 뻔하면서도 간신히 이탈하는 리리.

나는 리리에게 인챈트를 다시 걸고 다음 공격 기회를 기다렸다.

"이번에는 나부터 간다! ——〈소드 댄스〉!"

킬러 맨티스의 정면에서 연속 베기의 검무를 날리는 리리.

킬러 맨티스가 그걸 두 다리로 막아내자, 가벼운 금속음이 숲 안에 연속해서 울렸다.

"다음 간다! ——〈궁기 ― 단발꿰기〉!"

리리의 연속공격으로 방어 자세를 취한 킬러 맨티스에게 조준을 맞추고 나는 아츠를 날렸다.

다시금 날아오는 화살에 대해 킬러 맨티스는 오른다리를 움직여서 막으려고 했지만, 살짝 정중선에서 벗어나긴 했어도 화살은 그 오른쪽 앞다리 관절에 명중했다.

급소인 머리를 노린 공격이었지만, 팔이라도 다소 대미지를 줄 수 있었다.

이걸로 남은 HP는 7할이다.

몬스터의 행동 루틴에서 안정된 공격 패턴을 찾아내고, 그 다음은 이 상황이 무너지지 않도록 움직인다.

전위로 계속 회피하는 리리 때문에 때때로 식은땀을 흘리는 장면은 있었지만, 그 다음은 패턴화된 전투를 반복하는 것뿐이었다.

열 번 이상 〈궁기 ― 단발꿰기〉를 날렸을 무렵, 킬러 맨티스의 남은 HP가 1할이 되며 끝이 보였다.

하지만 마지막에 패턴이 다소 무너졌다.

리리의 〈소드 댄스〉 공격이 빗나가고, 나의 아츠가 연속해서 명중했다. 그 바람에 리리에게 모였던 어그로의 타깃이 내게로 넘어왔다.

"윤찌, 피해!"

남은 HP가 얼마 안 되는 단계에서 킬러 맨티스는 등의 날개를 펼쳐서 미세 진동시키며 그 몸을 띄웠다.

"――〈클레이 실드〉!"

그대로 날개의 추진력으로 돌진해 오는 게 예상되었기에 나는 킬러 맨티스와의 사이에 흙벽을 만들었다.

하지만 킬러 맨티스는 흙벽을 두 앞다리로 간단히 찢고 내게 덤벼들려고 했다. 그때――

"이걸로――끝!"

리리가 킬러 맨티스의 나머지 HP를 깎는 마지막 공격을 날렸다.

킬러 맨티스의 뒤에서 덤벼들어 얇은 날개 밑에 숨겨진, 방어가 약한 부분을 왼손의 나이프로 깊이 찔렸다.

그 공격이 결정타가 되어서 공중에서 몸을 꼬면서 지면으로 떨어지는 킬러 맨티스.

내게 돌격해 오던 기세 그대로 킬러 맨티스는 지면을 격하게 미끄러지다가 나무에 부딪쳐서 멈추는 한편, 리리는 나이프에서 손을 놓고 착지했다.

그 뒤에 킬러 맨티스는 빛의 입자가 되어 사라지고, 그 자리에 리리가 찌른 나이프가 남아 있는 것을 보고 간신히 킬러 맨티스를 쓰러뜨렸다는 실감이 들었다.

"휴우, 힘들었다. 역시 둘뿐이면 공격력이 부족하니까 장기전이 되네."

"그래. 하지만 나로서는 간단했다고 생각돼."

"그래?"

"응! 내 [목공]쪽 생산은 하나를 만드는 데에 엄청난 집중력을 필요로 하니까, 그와 비교하면 이번 전투는 훨씬 간단해."

"우와아, 생산직은 대단하네……."

"윤찌도 생산직이잖아. 게다가 윤찌도 대단해. 혼자서 공격, 회복, 지원 같은 여러 역할을 병행해서 하잖아. 나는 한 가지에 집중할 수는 있어도 동시에 여러 개는 무리야."

그런 걸까? 나는 리리와 비교해서 전투에서 움직임이 많지 않은 만큼 뒤에서 넓은 시야로 볼 뿐인데. 그런 자기평가를 내렸다.

"뭐, 일단 지금은 전진할까. 목적지 에어리어는 바로 저기니까."

"그래! 보스인 킬러 맨티스도 별로 대미지를 받지 않고 여유롭게 해치웠으니 괜찮겠지!"

나는 쓴웃음을 지으며 속으로 리리의 말을 긍정했다.

보스인 킬러 맨티스가 가로막고 있던 숲 안쪽으로 이어지는 길은 한층 나무들의 밀도가 높아졌다.

낮에도 나무들 사이로 들어오는 빛이 적은 어둑어둑한 숲속을 우리는 전진했다.

●

나무들이 울창하게 우거진 숲속을 우리는 피크닉처럼 느긋한 분위기로 나아갔다.

"우리가 찾는 플래프 클라우드가 안 보이네. 오, 지팡이에 쓸 만한 나뭇가지 발견!"

"분명히 없네. 뭐, 에어리어의 경계니까 몬스터 자체가 적을지도. 오, 이쪽은 베리 계열의 식재료를 찾았어."

나와 리리는 서로 눈에 띈 소재를 모았다.

"이렇게 어두우면 놓칠 것 같은데, 윤찌한테 맡기면 편해."

"그래. 그렇긴 해도 나무에 관해선 리리 쪽이 잘 아니까 그쪽으로 부탁할게."

나는 멀리까지 꿰뚫어 보고 암시성능을 가진 [하늘의 눈]과 숨겨진 것이나 상대의 행동을 탐지하는 [간파] 센스의 조합으로 숲속에서 소재를 찾았다.

발견한 스트로베리나 블루베리 같은 나무열매를 꼼꼼하게 따고는 '만들려던 케이크의 재료가 되겠다'며 얼굴을 펴는 나.

리리는 작은 몸을 이용하여 나무 위로 올라가더니 쓸 만한 나뭇가지를 톱을 잘라내는 한편, 나무 위쪽에 열린 열매를 모아주었다.

"윤찌, 이거 봐! 키위 같은 과일을 찾았어!"

"정말이네. 그걸 모아서 클로드한테 주면 여러 가지 과자를 만들 수 있을지도."

"그럼 열심히 모아야지."

이때 우리 머릿속에서는 몬스터 사냥에서 소재 채취로 목적이 바뀌어 있었다.

조금씩 이동하면서 숲 안쪽으로 들어갔다.

"윤찌, 이 나무를 자를 거니까 적이 안 오는지 주위를 봐줄래?"

"오케이, 맡겨줘."

나는 리리가 지정한 나무에서 떨어져서 공격해 오는 몬스터가 없는지 경계했다.

리리는 채벌용 도끼를 꺼내고 나무 밑동에 휘둘렀다.

작은 몸이면서도 제법 그럴싸한 모습에 감탄하고 있자, 나무는 조금씩 깊게 파였고 리리는 반대쪽에서도 도끼를 휘둘렀다.

"윤찌! 쓰러뜨릴 테니까 조심해!"

"그래, 알았어!"

리리의 신호와 함께 마지막 도끼질이 들어가자, 나무는

뚜두둑 소리를 내며 쓰러졌다.

나는 그 광경에 압도되었지만, 리리는 곧바로 손도끼를 꺼내들고 가는 가지를 쳐내기 시작했다.

잠시 뒤에 주위에는 지팡이로 못 쓰는 가는 나뭇가지들이 흩어지고, 굵은 통나무만이 리리의 인벤토리 안에 들어갔다.

"좋아, 끝났어! 아니, 윤찌, 왜 그래?"

"어, 저기, 쳐낸 나뭇가지 좀 가져가도 될까 싶어서."

나는 리리가 손도끼로 쳐낸 나뭇가지를 주워서 껴안고 있었다. 리리는 필요 없는 모양이지만, 소재로 써먹을 수 있는 것들이다.

"괜찮아. 작은 건 쪽매 세공하지 않으면 안 되고, 쪽매로 만든 소재는 내구도가 낮으니까 별로 안 써."

"고마워. 이걸로 화살 재료는 확보되었어."

[활] 센스에 쓰는 화살은 나뭇가지와 새의 깃털, 그리고 화살촉으로 쓰는 소재, 이렇게 세 가지의 합성으로 만든다.

화살은 소모품이고, 구입해서 쓰면 비용면에서 안 좋으니까 최대한 내가 만들어서 대응한다. 그러니까 소재 수집은 중요하다.

"나는 이쪽 통나무 쪽이 중요하니까. 두 개는 더 베어갈 생각이야."

"그렇게 목재를 모아서 뭐 하는데?"

"목재는 에어리어별로 특징이 있으니까. 몬스터가 드랍

하는 목재는 지팡이나 곤봉, 그리고 윤찌의 활 같은 데에 쓰지만, 커다란 집이나 가구, 배를 만들 때는 일반적으로 자란 나무의 통나무를 가공해서 만드는 판자 편이 좋은 경우도 있어."

몬스터가 드랍하는 [트렌트 우드]나 소생약의 소재인 [도등화의 꽃잎]을 만드는 도등화 나무. 화산 에어리어의 추첨 경품인 [봉래옥 가지] 등, 여러 레어 소재가 있지만, 그것들을 만들고자 하는 아이템에 적합하냐면 또 다른 이야기다.

"여러 목재를 모아서 그 성질을 확인하고 거기에 맞는 걸 만들어. 그리고 목재를 일부러 과도 건조시켜서 앤티크처럼 만드는 것도 재미있어."

그렇게 말하면 두 번째 나무를 베는 리리.

"역시 분야가 다르면 신경 쓰는 내용이 다르군."

"그래. 특히 레어한 소재에는 [고목]이나 [명목] 같은 이름이 붙기도 하니까."

그 말을 듣고 광석이나 약초계 아이템에 붙는 [질 좋은]과 비슷한 분야일 거라고 멋대로 예상했다.

"좋아, 두 번째도 회수 끝. 힘들다~."

"수고했어."

도끼로 베어낸 나무의 그루터기 위에 앉는 리리에게 인벤토리에서 꺼낸 차를 내밀고 싶었다.

"리리, 차 마실래?"

"윤찌, 고마워."

나란히 컵을 손에 들고 [냉기 대미지]의 업데이트로 추워졌기 때문에 평소보다 뜨겁게 끓인 차를 조금씩 마셨다.

"그렇긴 해도 플래프 클라우드가 안 보이네."

"그래. 이걸 다 마시고 조금 더 탐색범위를……. 찾았다."

나무들 사이에서 푹신푹신한 본체와 하얀 장갑 같은 손을 가진 구름형 몹 플래프 클라우드를 찾았다.

왜 찾을 때는 안 만나다가 휴식 중에 발견하는 걸까. 그렇게 생각하는데 물욕 센서란 말이 머리를 스쳤다.

나와 리리는 발견한 플래프 클라우드를 시야에서 떼지 않은 채 남은 차를 단숨에 비웠다.

"윤찌, 뜨거워서 혀 데었어."

"나 참, 이럴 때에 뭐 하는 거야."

살짝 혀를 내밀며 뜨겁다고 말하는 리리에게 어떻게 해야 하나 생각하는 동안에 나무들 사이를 어슬렁거리는 플래프 클라우드가 숲 안쪽으로 이동했다.

"아, 도망쳤다! 윤찌, 쫓아가자!"

"혀는 괜찮은 거야? 〈인챈트〉──스피드!"

나와 리리에게 속도 상승 인챈트를 걸고, 어둑어둑한 숲속을 떠다니듯이 이동하는 플래프 클라우드를 쫓아갔다.

공중에서 떠돌며 이동하기 때문에 조용하면서도 의외로 빠른 속도로 이동했지만, 속도라면 우리 쪽이 앞섰다.

"조금만 더 가면 돼."

"그래! 우왓?!"

"어?! 윤찌!"

플래프 클라우드를 거의 따라잡았을 때에 내 시야가 거꾸로 뒤집혔다.

정확하게는 머리 위의 나뭇가지에서 늘어뜨려졌던 무슨 넝쿨이 내 움직임에 반응한 것처럼 갑자기 내 오른발목에 휘감겨서 나를 거꾸로 들어올렸다.

"나는 괜찮아! 그보다 플래프 클라우드한테서 공격이 온다!"

"어? 우왓!"

여태까지 숲 안쪽으로 이동하던 플래프 클라우드가 리리 쪽을 돌아보더니 희미한 청색으로 물든 공을 만들어내서 리리에게 던졌다.

리리는 순간적으로 피했지만, 연청색의 공은 그 앞에 거꾸로 매달린 내 옆을 지나서 근처 나무의 줄기에 부딪쳤다. 거기서 튀긴 냉기가 내 뺨을 어루만졌다.

"위, 위험했다. 나도 얼른 어떻게 해야지."

나는 몸을 돌려선 그 기세로 상체를 일으키고, 허리의 벨트에 꽂아둔 식칼을 뽑아서 다리에 감긴 넝쿨을 베어냈다.

그와 동시에 공중에 내던져진 몸을 틀어서 간신히 엎드린 자세로나마 착지했지만…….

"우와아, 그냥 트랩이 아니라 몹이었나."

몬스터나 덫의 존재를 탐지하는 [간파] 센스에 반응이 없었기 때문에 알아차리지 못했는데, 내 다리에 얽혔던 것은 식물계 몬스터였다.

넝쿨의 절단면이 부풀더니 가시 돋친 넝쿨이 새롭게 재생되고 그 끝이 내 쪽을 향했다.

이전에 기간한정 이벤트에서 출현했던 몬스터의 마이너체인지판 같은 식물계 몬스터인 [톤 플랜트]를 탐지할 수 없었던 것은 내 불찰이다.

"리리! 나는 이쪽을 정리할게!"

"아, 알았는데 접근할 수가 없어!"

리리는 파란 냉기의 구슬을 맞아도 괜찮은 모양이지만, 위력은 낮아도 끊임없이 냉기의 구슬을 쏘아대는 플래프 클라우드 때문에 방어에 전념하고 있었다.

반대로 나는 나무 위에서 넝쿨을 뻗어서 대치하는 식물계 몬스터인 톤 플랜트를 시야에 넣은 채로 낌새를 엿보았다.

활로 공격하려고 해도 본체가 너무 가늘기 때문에 필연적으로 식칼로 대처하게 된다.

"얼른 처리하고 플래프 클라우드에게서 소재를 모으——추워?!"

식칼을 들고 톤 플랜트를 베려던 내 머리에 뭔가가 부딪친 듯한 가벼운 충격이 일고, 그와 동시에 냉기가 온몸에 퍼져서 나는 무심코 몸을 떨었다.

무슨 눈덩어리라도 얻어맞은 듯한 냉기에 무슨 일인가 싶어서 주위를 둘러보자, 냉기가 날아온 방향에 하얗고 몽실거리는 물체가 하나 존재했다.

"제길! 새로운 놈인가, 그럼——히익?!"

그쪽을 먼저 지 속성 마법으로 처리하려던 순간 이번에는 뒤에서 충격이 일고, 등에 얼음이라도 들어온 듯한 냉기가 놀라서 앞으로 넘어졌다.

"자, 잠깐 기다려! 이상해! 대미지가 이상하다고!"

나는 소리 지르며 항의했다. 리리가 대처하는 상대와 같은 종류의 몬스터에 공격도 똑같다. 그리고 리리와 나의 마법방어 스테이터스도 그렇게 차이가 없을 터이다.

그런데 내가 냉기구슬을 맞은 대미지 쪽이 훨씬 큰 듯했다.

"에잇! 오른쪽의 플래프 클라우드가 먼저인가——으꺅! 그쪽에서도 공격?!"

정면에서는 톤 플랜트가 가시 달린 넝쿨 같은 몸을 휘둘러서 나를 견제, 좌우에서는 플래프 클라우드가 냉기구슬로 나를 공격했다.

게다가 또 다른 플래프 클라우드가 나타나서, 어느 틈에 플래프 클라우드 네 마리와 톤 플랜트 한 마리에게 둘러싸인 나는 연속으로 공격을 받았다.

차례로 날아오는 냉기구슬을 식칼로 베어내며 맞섰지만, 베어낼 때마다 내 주위에 냉기가 쌓여서 손발이 둔해지고 냉기로만도 대미지를 입게 되었다.

"으읏, 추워. 진짜 위험하잖아, [냉기 대미지]."

이번 업데이트에서는 환경에 따른 [냉기 대미지]가 추가되었다. 마법 등으로 만들어내는 [냉기 대미지]는 세이 누나가 쓰는 얼음 마법으로 인식했지만, 실제로 맞으면 그 대미지가 얼마나 무시무시한지 지금 나는 몸으로 체감하였다.

도트 대미지처럼 슬금슬금 HP를 침식하는 냉기에 손발이 둔해지기 때문에 그만 공격이 늦어졌다. 이쪽의 움직임을 저해하는 플래프 클라우드의 공격은 별거 아니면서도 거슬려서 나는 짜증이 일었다.

"윤찌, 도와줘!"

"아니, 리리도 포위되었어?!"

처음에는 한 마리만 상대하던 리리도 어느 틈에 플래프 클라우드 여섯 마리에게 포위되어서 냉기구슬의 탄막을 필사적으로 피하고 있었다.

방한처리를 한 방어구를 장비했기 때문에 나보다는 [냉기 대미지]에 대해 다소 여유가 있는 모양이지만, 그래도 숫자로 밀렸다.

나도 전력으로 피하며 반격의 기회를 엿보려고 했지만, 리리만큼 회피가 능하지 않기 때문에 공격을 받을 때마다 몸이 비틀거렸다.

그리고——

"적당히 좀 해! ——〈존 봄〉!"

리리가 상대하는 플래프 클라우드를 포함해서 내가 시야에 넣을 수 있는 범위의 몬스터들을 [하늘의 눈]으로 포착하고 죄다 대상으로 삼았다.

발동시킨 봄 마법은 대상이 된 몬스터를 동시 폭파한다. 일격으로 쓰러뜨리지 못한 플래프 클라우드도 있었지만, 뭉쳐 있던 적은 제일 가까운 봄 마법과 연쇄 보너스가 발동하거 강해진 연발로 사라졌다.

"이걸로 숫자가 줄었어. 이틈에 태세를, 우와아악——"

봄 마법으로 대부분의 플래프 클라우드의 반응이 사라졌다. 하지만 그 폭발에 섞여서 내 발치로 숨어든 톤 플랜트 때문에 나는 또 거꾸로 매달리고 말았다.

"?! 이번에는 가시가 찌르잖아!!"

내 두 다리를 한꺼번에 붙잡은 넝쿨은 전체가 굳어서 딱딱한 가시를 만들었다.

그렇게 딱딱해진 넝쿨은 간단히 자를 수 없고, 파고든 가시가 둔한 통증과 함께 슬금슬금 대미지를 주었다.

그리고 다시금 우글우글 모여든 플래프 클라우드들이 매달린 나를 향해 냉기구슬을 날렸다.

"히익! 목덜미는 안 돼! 팔이나 다리의 맨살도 꽤 추우니까!"

[냉기 대미지]를 받아서 추위로 부르르 떨었다. 이럴 줄 알았으면 미완성이라도 좋으니까 클로드가 만든 동복을 받아올걸 그랬다.

"제길, 또 플래프 클라우드가 모여들었어!"

"윤찌, 도와줘!"

"제길, 이렇게 돼면 이대로라도—— 〈존 봄〉!"

나는 거꾸로 매달린 시야에 보이는 범위의 플래프 클라우드를 다시금 폭발시켰다.

또 살아남은 몬스터들의 어그로가 죄다 내게 몰리고, 그 공격대상도 리리에게서 내게로 넘어왔다. 나는 놈들의 냉기구슬 공격을 피할 수 없어서 추위에 피부를 비비면서 버텼다.

하지만 연속으로 적의 공격을 받았기 때문에 그 연쇄 보너스와 [냉기 대미지]의 도트 대미지가 축적되어서 내 HP를 침식하였다.

그리고 드디어——

"윤찌! 윤찌!"

내 HP가 완전히 바닥나고 몸에서 힘이 빠졌다. 그 시야가 어두워지고 손에 든 식칼이 떨어졌다.

그와 동시에 느낀 것은 따뜻한 세계. 냉기로 감싸인 숲속이 아니라 편안함마저 느껴지는 따뜻한 어둠의 세계였다.

리리의 목소리가 멀리서 들리고, 어둠에 갇힌 시야 안에 하얀 윈도우가 열리고 선택지가 표시되었다.

——[소생약을 사용하겠습니까? YES/NO]

또 냉기가 소용돌이치는 장소에 부활할 거면 죽어서 마을로 돌아갈까, 하는 달콤한 유혹에 사로잡혔지만, 그걸 일단 뿌리쳤다.

내가 어떤 타이밍으로 소생할까 생각하는 동안에 멀리서 리리의 목소리가 들렸다.

"윤찌가 쓰러진 채로 있으면 안 돼! 시아찌——〈소환〉!"

리리는 소환석에서 불사조 네시아스를 불러낸 모양이었다. 암전된 시야 안에서도 불사조의 빛을 어렴풋이 느끼는 동시에 두 발목의 넝쿨이 불타서 나는 등부터 지면에 떨어졌다.

'끄으, 아파——!'

등에 이는 격통에 신음하는데, 이어서 온몸이 온기에 감싸이고 어둠에서 끌려나오듯이 암전되었던 시야가 열렸다.

"——헛!"

마을에서 부활했을 때처럼 눈이 떠지는 감각.

다급히 몸을 일으키자, 리리와 사역 몹 네시아스가 나머지 플래프 클라우드들과 교전 중이었다.

아무래도 네시아스의 공격으로 톤 플랜트가 쓰러졌고, 그 뒤에 나도 네시아스의 [소생]으로 생환한 모양이었다.

하지만 내가 소생해도 리리의 상황은 지극히 안 좋았다.

나의 〈존 봄〉으로 플래프 클라우드 몇 마리에게 대미지를 주었지만, 그래도 또 새롭게 모여들었는지 냉기구슬의 공격 밀도가 늘어나서 리리가 있는 장소만 눈보라처럼 되어 있었다.

"윤찌, 뒤를 부탁……."

그 한마디를 남기고 나를 대신하듯이 HP가 0이 되어 국지적인 눈보라 속에서 쓰러지는 리리.

그리고 소환주인 리리가 쓰러졌기에 사역 몹인 네시아스도 존재를 유지할 수 없어져서 그 몸이 빛의 입자로 변해 소환석으로 돌아갔다.

"아니, 뒷일을 맡겨도 곤란하거든!"

이렇게 머릿수가 다른 상황에서 어쩌라고! 속으로 항의를 했지만, 내 선택지는 하나밖에 없다.

"간다! ——〈존 봄〉!"

눈에 들어온 모든 몬스터에게 봄 마법을 발동하는 동시에 쓰러진 리리에게 달려가서 그 몸을 오른쪽 옆구리에 껴안았다.

"전술적 후퇴다! ——[클레이 실드]! [봄]!"

나는 리리를 옆구리에 낀 채로 어두운 숲의 출구로 뛰었다.

한 번 쓰러졌다가 소생한 영향으로 먼저 걸었던 인챈트가 죄다 사라졌다. 이 경우는 다시 걸기보다도 추격해 오는 플래프 클라우드들의 행동을 저지하기 위해 매직젬을 뿌리면서 도주했다.

"리리! 일어나! 도망친다!"

"으, 으응……."

자기가 가진 소생약으로 부활했는지, 내 말에 대답하듯이 눈을 뜨는 리리.

"아아, 졌구나. 하지만 먼저 쓰러뜨린 적에게서 [구름솜털]이 들어왔으니까 괜찮아."

"그렇게 느긋한 소리를 할 때가—— 히익! 등에 또 냉기구슬이!"

뒤에 뿌린 매직젬으로 거리를 충분히 벌었지만, 플래프 클라우드는 원거리 공격이 가능하기 때문에 멀리서 냉기구슬이 날아왔다.

아무튼 전력으로 에어리어 밖으로 도망친 우리는 어두운 숲을 넘어서 제2마을 부근의 숲을 역주하여 간신히 안전한 제2마을까지 돌아왔다.

그리고——

"허억, 헉……. 간신히 따돌렸다."

"윤찌, 뛰었으니까 몸이 따뜻해?"

분명히 달려서 몸이 데워졌지만, 뒤에서 공격을 받기도 하고 식은땀도 흘렸기 때문에 기분은 안 좋았다.

그리고 리리를 옆구리에 낀 채로 도망쳤던 것을 떠올렸다.

"잊고 있었네. 리리가 부활했으니까 도중에 멈춰서 내려 주면 되는데."

그러면 이렇게 지칠 일도 없다 싶어서 속으로 중얼거렸다.

결국 마지막까지 리리를 껴안고 도망친 나는 땀으로 푹 젖어 있었다.

타쿠나 뮤우 등을 따라가서 강적과 싸운 적은 있지만, 이 번은 전혀 경우가 다르다.

어떤 적도 하나뿐이면 약했다.

분명히 제2마을 근교의 숲에 출현하는 몬스터보다는 강 하지만, 그래도 한 마리라면 나나 리리도 여유였다.

하지만 적은 냉기로 [냉기 대미지] 공격을 해왔다. 단발이 라면 그리 위력이 없는 공격이라도 숫자가 모이고 몬스터의 행동이 잘 맞물리면서 연대 같은 효과를 만들면 이렇게 간단히 진다.

　리리가 플래프 클라우드를 너무 모아서 국소적인 블리저드를 일으킨 것에는 솔직히 쫄았다.

　"윤찌, 일단 크로찌네로 돌아가서 쉴래?"

　"……그래. 그러자."

　나는 피로에서 온 한숨을 내뱉으면서 리리와 함께 제2마을의 포털로 제1마을로 전이하고, 클로드의 가게인 [콤네스티 카페 양복점]으로 향했다.

　이번 탐색의 반성할 점을 떠올리면서.

2장   겨울 이벤트와 퀘스트

"반성회! 빠방! 짝짝!"

"뭐야, 그 의욕 없는 효과음은……."

"말해봤을 뿐이야."

자기가 말해놓고 쓴웃음을 짓는 리리와 함께 나도 쓴웃음을 띠었다.

플래프 클라우드 무리에게서 도망칠 때에 쓰러뜨린 적에게서 입수한 드랍템으로 간신히 장비의 방한 처리에 필요한 소재가 모였다.

지금은 클로드에게 소재를 맡기고 한시라도 빠른 동복의 완성을 바랄 뿐이다.

완성될 때까지 절대로 냉기 공격하는 적이 있는 에어리어에는 얼씬거리지 않기로 결심했다.

그리고 지금 나와 리리는 [콤네스티 카페 양복점]의 테이블을 사이에 두고 앉아 있었다.

플래프 클라우드의 공격으로 추운 환경에 있었기 때문에 천국으로 느껴질 만큼 따뜻한 카페 안에서 반성회를 시작했다.

각각의 사역 몹을 이 자리에 불러내어 과자를 함께 먹었다.

"일단 내 반성점은 톤 플랜트에게 기습을 허용한 점이야. [간파] 센스를 가졌는데 발견할 수 없었어. 그리고 [냉기 대미지]를 가볍게 봤어. 그거 진짜 위험해."

하복인 채로 [냉기 대미지]를 받은 결과, 독의 상태이상에 걸린 듯한 도트 대미지가 계속 이어지는 상황이었다.

"이번 경우, 윤찌의 [간파] 센스보다 톤 플랜트의 은폐계 센스의 레벨이 높았을 거야. 그리고 윤찌가 〈엘리먼트 인챈트〉로 물의 속성 방어를 인챈트하면 좋지 않았을까?"

"……까먹고 있었다."

너무 갑작스러운 일이었기 때문에 마기 씨에게 썼던 것처럼 나한테 엘리먼트 인챈트를 걸어서 버틴다는 방법을 잊어버렸다.

"그러면 반성할 점으로 [간파] 센스의 레벨 부족과 자기가 쓸 수 있는 수단을 상황에 맞춰 적절하게 쓰는 능력 부족일까."

하아, 소리 내어 한숨을 쉬었다.

이벤트 전인데 자신의 한심한 부분을 깨달아서 기분이 쳐졌다.

"다음은 나야. 나도 처음에 나타난 플래프 클라우드를 빨리 쓰러뜨릴 수 있었으면 나중에 적이 그렇게 모일 일은 없었을 거라고 생각해. 놈들의 공격을 견딜 수 있었던 건 방한 처리된 동복 덕분이야."

"그리고 나와 리리가 빠른 단계에서 포지션을 교환해야 했어."

리리에게는 복수를 상대로 하는 스킬이 없었기 때문에,

숫자가 많은 플래프 클라우드보다도 톤 플랜트를 상대로 하는 편이 나았다.

또 나는 눈에 보이는 범위를 단숨에 공격할 수 있는 〈존 봄〉을 가졌으니까, 가늘어서 겨냥하기 어려운 톤 플랜트를 상대하기보단 숫자가 많고 방어력이 낮은 플래프 클라우드를 상대하는 편이 좋았다.

그런 상황에 따른 판단 같은 플레이어 스킬이 아직 부족하다고 느껴졌다.

"하지만 이번 실패는 다행이었던 점도 있어."

"다행이었던 점?"

"응. 시아찌의 [소생]이 어떤 식으로 이루어지는지 알았으니까."

리리의 사역 몹인 불사조 네시아스의 [소생]에 대한 고찰을 들었다.

"시아찌가 [소생]을 쓰면 내 MP가 엄청 줄어드니까 남발할 수 없는 걸 잘 알았어."

"뭐, 사역 몹의 스킬 발동에 필요한 MP는 소환한 플레이어가 부담하니까."

그때 리리의 MP는 확인하지 않았지만, 그 말투를 들어보자면 소비량이 상당했던 모양이다.

"MP가 최대인 상태라도 연속해서 두 번이 한계야."

"그런가. 두 번……이라고 해도 리리 본인이 쓰러진 경우는 어떻게 되지?"

"그것도 중요해. 실제로 내가 쓰러진 뒤의 메뉴에는 [소생약의 사용] 전에 [시아찌에 의한 자동 소생]이라는 메뉴가 나타났는데, 그 선택지는 MP 부족으로 불발이었어."

즉 네시아스의 [소생]을 쓰면 소환자인 리리의 MP를 대량으로 소비하고, 그걸 리리 자신에게 쓸 경우는 잔존 MP에 의존하는 자동 소생이 된다는 소린가.

게다가 소생 메뉴 표시의 우선도로 판단하면 네시아스의 자동 소생 쪽이 우선되는데, 이번 같은 MP 부족이면 불발로 끝나는 모양이다.

"저기, 네시아스는 후위 플레이어용 사역 몹이지?"

"그래. 그것도 파티플의 요소가 강해."

그렇게 생각하면, 리리의 전투 스타일은 전위 척후계 센스 구성에 가깝기 때문에 네시아스의 능력을 충분히 살리기 위한 MP가 압도적으로 부족하다.

그렇기 때문에 리리와 네시아스의 센스 구성과 사역 몹의 상성은 미묘하다고 할 수 있다.

"뭐, 보통 스킬 같은 걸 잘 안 쓰니까 나로선 남아도는 MP를 시아찌가 써준다고 생각하면 나쁘지 않아."

"그래. 하지만 소생약보다도 발동 타이밍이 빠른 걸 자기가 컨트롤할 수 없다면 MP가 없는 상태에서 소생해서 불리한 상태로 부활하게 될 것 같아."

"그 점은 차차 생각해야지."

네시아스는 레어한 새끼 동물이고 희귀한 소생 스킬을 가

졌지만, 그렇다고 쓰기 편한 건 아니란 사실이 밝혀졌다.

"시아찌에게 지지 않도록 앞으로 나도 노력해야지."

리리는 어두운 숲에서 채취한 나무열매를 손바닥에 올려서 네시아스에게 내밀었다.

나무열매를 쪼아 먹는 네시아스와 즐겁게 그걸 주는 리리를 보며, 아마 리리는 쓰기 편해서가 아니라 소중한 파트너니까 네시아스와 함께 노력할거란 생각이 막연히 스쳤다.

나는 뤼이와 자쿠로와 함께 노력하고 싶다는 마음을 품고 둘을 보았다가, [콤네스티 카페 양복점]에서 간식으로 산 미니 슈크림을 한 입에 먹는 뤼이와 코에 커스터드 크림을 묻힌 자쿠로의 모습에 살짝 웃음을 지었다.

"나 참, 더러워졌잖아."

나는 그런 자쿠로를 불러서 코를 닦아주었다.

나와 리리의 반성회가 끝나고 한숨 돌리기 위해 차를 마실 때, 가게 안쪽에서 검은 그림자가 내 무릎으로 뛰어나왔다.

"우왓?! 쿠츠시타, 왜 그래?"

얼마 전까지 새끼고양이 상태였는데, 단숨에 자란 쿠츠시타가 내 무릎 위에 뛰어올라서 몸을 옹크렸다.

뤼이도 내 무릎 위에 머리를 올리는 일이 많은데, 내 무릎이 그렇게 좋은 건가 싶어서 고개를 갸웃거렸다.

그리고 쿠츠시타의 등장 이후 한 발 늦게 클로드가 모습을 보였다.

"크로찌, 수고~. 그쪽은 소재 수집 끝났어?"

"조금 시간이 걸렸지만, 아라크네 보스를 거듭 잡아서 예정 숫자를 모았다. [열기 대미지]가 수정된 후의 화산 에어리어는 나로선 준비 없이 가기엔 어려웠지만."

그렇게 말하게 깊이 한숨을 토하는 클로드.

마기 씨가 이 자리에 없다는 소리는 소재를 클로드에게 맡기고 화산 에어리어로 간 거겠지.

"그래서 나와 마기 씨의 동복이 완성될 때까지 얼마나 시간이 걸려?"

"여러 플레이어에게 받은 의뢰도 있으니까. 빨라야 이벤트의 업데이트 직전일까."

"그래. 그럼 내 동복은 업데이트 후라도 좋아. [냉기 대미지]의 추가라고 해도 처음에는 어느 정도 아이템이나 스킬로 완화하며 대처할게."

"윤이 그렇게 말한다면 이벤트 중에 완성하겠는데 왜지?"

내 이야기를 들은 클로드가 의아한 듯이 눈썹을 찌푸렸다.

"뭐, 먼저 크리스마스 케이크를 만들까 해서."

여동생인 뮤우가 딸기 케이크나 과일 롤 케이크를 먹고 싶어 한다는 소리를 조금 창피하여 말하지 못하고 적당한 이유를 댔다.

"흠. 뭐, 결국 여동생이 먹고 싶어 한다는 이유겠지."

"어, 어떻게 알았어!"

클로드는 코웃음을 쳤다.

"윤과 반년 가까이 알고 지냈다. 네가 여동생에게 약하다는 정도는 보면 안다."

클로드의 말을 듣고 정말이냐고 리리에게 눈짓을 했더니, 리리는 쓴웃음을 지으면서 끄덕였다.

"뭐, 케이크를 만들고 싶다는 이유는 이해했다. 하지만 그 때까지 하복 상태인 채로는 춥겠지. 대용할 방어구를 빌려주지."

"정말이야?! 고마워!"

"윤찌, 크로찌의 조건을 듣지 않고 승낙했다간——"

"후후후, 그럼 이 옷을 입는 것부터 시작해보실까."

그렇게 말하면서 클로드가 꺼낸 것은 흰색을 바탕으로 한 옷과 초콜릿색의 앞치마가 달린 스커트와 같은 색의 모자였다.

그 옷은 어딘가 요리사복처럼 만들어졌는데, 비슷한 옷을 알고 있었다.

"이거 피오르 씨가 입었던⋯⋯."

[콤네스티 카페 양복점]의 주방 담당인 과자 장인 피오르 씨의 장비와 비슷했다.

"그렇다, 피오르가 입은 파티시에 드레스의 다른 색 버전이지. 주방은 의외로 추우니까. 방한 처리도 완벽하다."

"저기, 다른 동복은——"없으니까 소용없다."——아, 예."

한가득 웃음을 지으면서 딱 잘라 말하는 클로드.

나는 클로드의 생각을 바꿀 수 없다고 이해하고 어깨를

늘어뜨렸다. [아트리엘]의 공방에 틀어박히면 이 모습을 많은 사람에게 보일 일도 없겠지.

게다가 파티시에 드레스를 입으면 좋은 케이크를 만들 수 있을지도 모른다고 생각하니, 여기선 눈물을 삼키고 참기로 하자.

"케이크를 만들 거면 우리한테도 먹여다오."

"와아, 윤찌의 케이크다!"

"자기 카페에서 얼마든지 먹을 수 있잖아."

"피오르가 크리스마스 케이크를 전력으로 만들고 있지만, 아쉽게도 손님용이라서 우리에게까지는 돌아오지 않는다."

"이거야 원. 그럼 방어구 대여비 대신 케이크 줄게."

"기대되는군. 그럼 크리스마스 케이크와 교환해서 완성된 동복을 건네는 걸로 하지."

"예이예이, 알았어."

나는 클로드에게서 파티시에 드레스를 받고 [아트리엘]로 돌아가는 도중에 케이크나 크리스마스용 요리 재료를 사들였다.

[아트리엘]에 돌아온 나는 공방에 틀어박혀서 파티시에 드레스로 갈아입었다.

돌로 지어진 공방은 추워서 오커 크리에이터로는 조금 쌀쌀했기 때문에 갈아입은 순간 한기가 누그러졌다.

나는 케이크를 만들기에 준비하였다.

"으음. 오븐 온도는 이 정도면 될까?"

나는 점포로 옮겨놓은 오븐 스토브를 공방으로 되돌려놓고 스토브에 불을 넣어 오븐 내부의 온도를 올렸다.

그 동안에서 스펀지 반죽과 생크림을 넉넉하게 준비하였다.

동그란 스펀지를 만들면 딸기 케이크를 만들 수 있고, 네모난 스펀지를 만들면 과일 롤 케이크를 만들 수 있다.

스펀지를 굽는 시간을 계산하면서 풀어놓은 달걀에 설탕과 가루를 섞어서 틀에 흘려 넣고, 그 동안에 생크림과 검은 숲에서 입수한 과일을 커팅하였다.

"생크림은 뿔이 생길 정도가 되었는데, 단맛은 이정도여도 괜찮으려나?"

살짝 설탕을 적게 넣어서 만들었다.

야생 과일이 가게에서 파는 것과 비슷한 정도로 달고 맛있기에 그 단맛을 끌어내기 위해서 생크림의 당도를 낮춘 것이다.

"남은 건 스펀지가 구워지는 걸 기다릴 뿐⋯⋯. 아니, 뤼이와 자쿠로, 왜 그래?"

문득 깨닫고 보니 뤼이와 자쿠로가 나를 올려다보고 있었다.

그리고 그 시선 끝에는 생크림이 남은 거품기를 든 내 손이 있었다.

"휴우. 조금뿐이니까."

내가 생크림과 자른 과일을 조금씩 접시에 담아주자, 뤼이와 자쿠로는 그걸 바로 먹어치우고 접시에 붙은 생크림까지 혀로 말끔히 핥아먹었다.

뤼이는 그걸로 만족했는지 공방 구석으로 돌아갔다.

하지만 자쿠로는 접시를 껴안은 채로 몇 번이고 날름날름 핥았다.

"정말이지, 단걸 좋아하네."

"정말이야. 아, 물론 나한테도 줄 거지?"

나 혼자라고만 생각했던 공방에 낯익은 목소리가 들려서 돌아보았다.

"요정들을 위해서 케이크 하나 부탁해."

돌아본 내 눈앞에는 [아트리엘]에 빈번하게 놀러오는 장난꾸러기 요정이 날고 있었다.

"하아, 이번에는 다른 장소에서 주문인가. 나 참, 알았어."

"와아! 그럼 부탁해!"

그렇게 말하고 휙 모습을 감추는 장난꾸러기 요정.

자른 과일이 조금 사라지는 장난에 쓴웃음을 짓고 아직 남아 있는 과일을 다시금 잘랐다.

그 뒤에는 만든 경험이 있는 딸기 케이크부터 먼저 만들었다.

동그랗게 구운 스펀지를 가로로 자르고, 절단면에 각각 생크림을 바르고 딸기를 끼웠다.

그 뒤에 전체를 생크림으로 코팅한 케이크 위에 장식으로 생크림을 짜놓고 딸기로 장식하면 딸기 케이크가 완성되지만, 생크림 장식이 잘되지 않아서 다소 모양이 안 좋아졌다.

"음, 마음에 좀 안 드는데."

찌그러지거나 예쁘게 물결무늬가 되지 않은 생크림을 보며 얼굴을 찌푸렸다.

하지만 이제 처음이라고 생각하고 하나 더 만들었지만, 이쪽도 다소 좋아지긴 했어도 예쁘게 되지 않았다.

그 뒤에 만족스러운 완성품을 만들기 위해서 몇 번이나 케이크를 만들고, 최종적으로 며칠 걸러서 12홀이나 만들었다.

그 바람에 과일 롤케이크를 위한 식재료가 부족해져서, 훗날 식재료를 더 사들여서 롤케이크를 6개 만들었다.

그만큼 집중해서 케이크를 만들었기에 [요리인] 센스 레벨이 단숨에 14레벨이 된 것은 큰 수확이었다.

그리고 며칠 동안 케이크 제작에 몰두했기 때문에 잊어버린 것이 있었다.

"그러고 보니 이벤트 준비를 전혀 안 했네."

그렇다고 해도 포션 등의 소모품은 [아트리옐]에 상비했기 때문에 다급히 준비할 필요는 없었다.

하지만 파티를 짜기 위해서는 상대의 승낙이 필요하다.

"이벤트의 자세한 내용을 모르지만, 마기 씨네가 같이 파티를 짜줄까?"

나는 완성된 케이크를 인벤토리에 넣고 일단 마기 씨에게 프렌드 통신으로 연락을 넣었다.

"마기 씨, 지금 괜찮나요?"

[응, 괜찮은데 무슨 일이야?]

"아뇨, 이번 이벤트에서 같이 파티 짜지 않을래요? 라는 이야기인데요."

[아차, 미안. 이번에는 단골 플레이어한테 장비 의뢰가 들어오기도 했고, 처음에는 [생산 길드]의 멤버와 파티를 짜게 되거나 해서 바빠.]

"그런가요. 길드 쪽에서……."

[응, 클로드나 리리도 따로따로긴 해도, 가끔씩 파티를 바꿔가면서 이벤트 기간을 보낼 생각이야. 여유가 있거든 윤 군과 짤 수도 있겠지만……. 정말 미안.]

"신경 쓰지 마세요. 애초에 [생산 길드]에 가입하지 않은 내가 뭐라고 할 게 아니니까요."

[정말 미안.]

"신경 쓰지 마세요. 조금 아쉽지만요."

프렌트 통신 너머로 들려오는 마기 씨의 아쉬운 목소리와 사죄를 들으며, 신경 쓰지 말라고 전했다.

[생산 길드]는 생산 플레이어의 소재 판매의 일원 관리나 옥션 등을 하는 길드다. 가입하지 않아도 이용할 수 있기 때문에 나는 가입하지 않았지만, 설립 초기에 조금 손을 빌려주었다.

물론 나만이 아니라 다른 플레이어들도 길드 설립에 공헌

했고, 그걸 유지하는 멤버도 있다. 그러니까 지금 현재 외부인인 나를 우선하고 길드 멤버를 소홀히 해선 안 되겠지.

"리리와 클로드도 안 되려나."

[그런 모양이야. 두 사람 다 아는 생산직이 있으니까. 그러고 보니 내 동복은 아까 NPC가 배달해줬어.]

"그런가요. 알겠습니다. 그런가, 이번에는 솔로 참가인가."

[달리 아는 사람 없어? 인맥 넓잖아?]

"그럼 좋겠는데요."

타쿠나 뮤우, 세이 누나 등은 거의 고정 파티나 길드 단위로 행동할 테니까 임시로 그런 파티에 들어갈 수 있을지도 모르지만, 이벤트 기간 중에 계속 같이 다닐 걸 생각하면 어렵겠지.

마찬가지로 솔로 경향이 강한 에밀리나 레티아에게 말을 붙여서 파티를 짜는 것도 나쁘지 않을지 모르지만, 내가 말한다고 승낙해줄지는…….

"뭐, 처음에는 솔로로 힘낼게요."

[하지만 도저히 혼자서 안 될 때에는 우리한테 부탁해.]

"예. 마기 씨도 적당히 힘내세요."

[윤 군도.]

얼굴이 보이지 않는 프렌드 통신이지만, 마기 씨의 윙크하는 모습을 상상하고 살짝 쓴웃음을 지었다.

그 뒤로 프렌드 통신을 끊고 기분 전환으로 [아트리엘]의 뒤쪽에 있는 밭으로 나갔다.

바깥의 베란다에서 몸을 내밀고 올려다본 곳에는 겨울의 추위 속에서도 활짝 핀 도등화 나무가 있었다.

공기는 쌀쌀하지만, 봄을 연상케 하는 핑크색의 꽃에 마음이 풀어졌다.

그대로 하늘 밑에서 기지개를 켜고 어깨의 힘을 뺐다.

"뭐, 이번에도 어떻게 되겠지."

나는 겨울 이벤트를 낙관적으로 생각하면서 OSO에서 로그아웃했다.

내가 다음에 로그인할 때는 이벤트를 위한 업데이트가 끝난 뒤가 되겠지.

●

술렁대는 광장. 모인 플레이어들이 근처에 있는 플레이어나 파티 멤버들과 가볍게 인사하며 업데이트 직후의 OSO에 대해 이야기하는 가운데에 나도 있었다.

OSO의 이벤트 업데이트 후의 첫 로그인.

솔로로 준비를 마쳤지만, 나는 로그인 시간대를 뮤우와 타쿠와 맞추어서 지인 플레이어와 함께 행동하였다.

뮤우나 타쿠 일행도 이 날을 위해 착실히 준비한 모양이었다.

레벨업이나 아이템 조달만이 아니라 [냉기 대미지] 대책도 하였다.

타쿠는 걷어붙인 소매를 펴서 노출 부분을 줄이는 정도라서 큰 변화가 없지만, 뮤우에게는 커다란 변화가 있었다.

　"언니, 추워 보이는 모습인데 괜찮아?"

　"일단 아이템 같은 걸로 [냉기 대미지] 대책은 했으니까 괜찮아. 그보다 뮤우는 방어구가 변했네."

　뮤우의 방어구는 무릎 아래까지 오는 긴 순백의 드레스로 뒤덮였고 은색의 갑옷을 장비하였다. 여태까지보다 방어력이 훨씬 높을 듯한 드레스아머란 느낌이었다.

　또 여태까지의 방어구는 등이나 팔, 다리의 노출이 많아서 추워 보였는데, 새로운 장비는 노출도가 적었다. 유일하게 어깨 근처를 노출해서 보는 이쪽이 추워 보였지만, 본인은 태연한 기색이었다.

　"그렇지! 갓 완성된 거야! 마기 씨한테 부탁해서 방어력을 유지하면서 [냉기 대미지] 대책으로 갑옷을 불과 빛의 속성 금속으로 만들어달라고 했어! 여태까지의 방어구보다 노출도가 낮지만, 이건 이거대로 귀엽잖아!"

　노출도가 낮아서 오빠로서는 안심이지만, 마기 씨가 이벤트 전에 바빴던 이유의 일부가 밝혀졌다.

　"나는 다른 사람들과 이벤트에 대해 말하고 올게."

　내게 새로운 방어구를 자랑할 만큼 자랑한 뮤우는 다른 플레이어들 사이에 끼어들었다.

　공식 안내가 나오기 전까지 뮤우네 파티는 계속해서 누군가와 이야기했기 때문에 나 혼자 따라가지 못해서 눈을 감고 안내방송을 기다렸다.

"……윤 ……윤."

이번 이벤트는 솔로 참가.

나는 생산계 플레이어이기 때문에 다소 불안을 느껴서 마음이 술렁거렸다.

가능하면 나 혼자서도 할 수 있는 이벤트이기를, 그렇게 생각하는데———

"……윤!"

근처에서 큰 소리로 날 부르는 바람에 귀를 틀어막고 돌아보았다.

돌아본 곳에는 다소 퉁명스러운 기색의 타쿠가 있었다.

"어?! 뭐, 뭐야, 타쿠."

"아까부터 계속 불렀는데 눈을 감은 채로 무시하니까 그렇지."

"미안. 생각 좀 하느라고."

"긴장했어? 혼자서 괜찮아?"

"혼자서 괜찮아……라고 생각하고 싶어."

"우리 파티는 한 자리 비었으니까 지금이라도 늦지 않았는데 들어올래?"

타쿠네 파티 멤버들이 나를 향해 웃으며 손을 흔들기에 가볍게 손을 흔들어주고 대답했다.

"어떤 느낌의 이벤트일지 모르지만, 뭐, 내 페이스대로 해 볼게."

"윤, 우리한테 미안할 거 있어? 우린 신경 안 써! 그러니까 우리 파티에 들어오지?"

"아니, 솔직히 말해서 타쿠의 페이스를 따라가기 힘들어."

"윽!"

새된 눈으로 노려보며 대답하자, 짚이는 데가 있는지 말문이 막히는 타쿠.

분명히 걱정해주는 거겠지만, 반대로 나는 마이페이스로 할 결심이 섰다.

"뭐, 걱정해줘서 고마워."

"음, 언제든지 부탁하러 와!"

형님 행세하는 타쿠를 보고 투덜거리면서도 살짝 웃었다.

그리고 공식 이벤트의 안내가 나오기 시작했다.

[지금부터 겨울 이벤트에 대해 설명하겠습니다. 이 설명은 메뉴의 이벤트 설명 동영상이나 설명문으로 확인하실 수 있습니다.]

여자 목소리로 안내방송이 나오고, 제1마을의 상공에 거대한 3D영상이 나왔다.

언젠가의 캠프 이벤트와 같은 상황. 그리고 모습을 보인 것은——

[플레이어 제군, 오래간만이군. 그리고 처음 보는 사람도 있겠지. 나는 [OSO] 개발부 부장 요시노 카즈히토다.]

개발부 부장이 직접 등장.

지난번 이벤트처럼 요시노 카즈히토의 이벤트 설명이 시

작되었다.

 [이번 기한 한정 이벤트는 지난번 이벤트 체험자는 물론 신규 플레이어도 즐길 수 있도록 조정했다. 이번 이벤트는 즉—— [퀘스트]다!]

 그렇게 말하고 손을 흔들자, 난처한 표정의 NPC들의 모습이 나타났다.

 [게임과 퀘스트는 예부터 떼어놓을 수 없는 것이다. 그리고 퀘스트란 게임의 마을 주민들의 걱정거리다. 그렇기 때문에 플레이어인 제군에게는 제1마을의 문제를 [퀘스트]라는 형태로 해결하도록 한다!]

 아주 정석대로인 이벤트라고 생각하면서 퀘스트라면 토벌 외에도 아이템 수집이나 심부름 같은 것도 있으니까 나 혼자서도 되겠다며 안심했다.

 [이벤트 기간은 크리스마스까지 3주간. 그 기간을 써서 마을에 흩어진 퀘스트를 소화하고 마을의 평화를 되찾도록!]

 그렇게 말하는 개발부 부장의 손가락 사이에는 코인 하나가 쥐어져 있었다.

 [그리고 이번 기간 한정 이벤트 퀘스트에는 통상 퀘스트 보수와 달리 이 퀘스트칩을 준비했다!]

 손에 든 퀘스트칩은 이벤트의 중요 아이템일까? 모두가 기대하면서 3D 영상을 올려다보았다.

 [퀘스트칩은 이벤트 퀘스트를 클리어하면 얻을 수 있는 보수 중 하나로, 최종일까지 많이 획득하면 여러 아이템과

교환할 수 있다! 이번 이벤트 보수는 퀘스트칩의 획득 상황에 따른 자기 선택식 이벤트 보수와 이벤트 참가자 전체의 퀘스트 소화률에 따른 참가자 전원의 특별보수, 이렇게 두 종류가 준비되어 있다.]

거기서 일단 말을 끊었다가 마지막 말을 꺼내는 개발부 부장.

[레이드급의 대형 퀘스트를 여럿이서 공략해도 좋다! 마을에 숨은 악을 쓰러뜨리며 정의의 용사가 되는 것도 좋다! 마을사람들의 작은 소망을 거듭 성취시키며 마을 전체의 분위기를 좋게 만드는 것도 좋지! 이번에는 입상 같은 게 없지만, 모은 칩 개수에 따른 보수 중에는 지난번 이벤트의 기념품과 같은 것도 있다. 하이리스크 퀘스트에 도전해서 대량의 칩을 노릴 것인지, 로우리스크 퀘스트를 거듭해서 조금씩 모을 것인지, 즐기는 방법은 마음대로다!]

그 설명에 이 자리에 모인 플레이들은 모두 흥분하였다.

나도 조금 즐거운 기분이 들기 시작했다.

그 뒤에 이벤트의 주의사항이 나왔지만, 듣고 있는 플레이어는 적었다.

퀘스트칩은 양도할 수 없다. 이벤트 아이템과의 교환기간이 지나면 퀘스트칩 하나당 3만 G로 자동적으로 교환된다. 기간한정 이벤트 퀘스트는 마을 곳곳에 설치된 퀘스트 보드를 통해 복수의 의뢰를 수주할 수 있다. 등등의 제법 중요한 이야기였는데.

그 외에도 직접 NPC에게서 퀘스트를 받아서 클리어해도 달성되는 것이나 미달성 퀘스트와 다른 사람이 일단 달성한 퀘스트라면 퀘스트 보드에 붙은 종이색깔이 변한다는 등의 자세한 설명이 있었다.

[그럼 플레이어 제군. 건투를 빌지!]

그 목소리와 동시에 3D영상이 깨지고 빛의 입자가 되어 하늘로 퍼졌다.

머리 위의 빛의 입자가 눈으로 모습을 바꾸고, 마을 전체에 가루눈이 흩날렸다.

그것이 서서이 쌓이기 시작하여 마을 전체가 하얗게 물드는 동시에 여태까지 마을 안에 없었던 NPC들이 차례로 건물에서 모습을 보였다.

"시작했구나── 겨울 퀘스트 이벤트가."

내가 작게 중얼거리고 메뉴에서 지난번과 마찬가지로 동영상을 다시 볼 수 있는 것을 확인하는데, 주위 플레이어들이 이미 움직이고 있었다.

누구보다 먼저 보다 짭짤한 퀘스트를 받기 위해서 마을 곳곳에 설치된 퀘스트 보드를 향해 달려갔다.

"돌격! 이벤트 퀘스트에 제일 먼저 참가한다!"

그 선두를 전력 질주하는 뮤우를 지켜보았다.

함께 이벤트 설명을 들었던 뮤우 파티는 이벤트 설명이 끝나는 동시에 집단에서 이탈하여 퀘스트 보드를 향해 달렸다.

때로는 벽을 박차고, 지붕 위를 달려서 퀘스트 보드로 향했기 때문에 곧 모습을 놓쳤다.

"우리도 퀘스트 보드를 보러 갈 건데…….."

타쿠의 그 말에 순간 망설였다.

"나는…… 느긋하게 할게."

이렇게 많은 인파를 생각하면 지금 가도 바로 퀘스트 보드까지 도달할 수 없겠지. 그렇게 생각하니 서두를 필요는 없었다.

"그래. 그럼 우리도 윤에게 맞출까."

"괜찮겠어? 저기…… 뮤우네는 이미 갔는데."

"서둘러서 대충 퀘스트를 받기보다도 효율 좋은 토벌계 퀘스트를 찾아야지. 윤은 어쩔래?"

"나는 심부름 퀘스트를 메인으로 할래."

"윤이라면 토벌 퀘스트를 받을 수 있잖아? 왜 그렇게 아무나 할 수 있는 퀘스트를 하는데? 우리 파티에 들어와서 토벌 퀘스트를 받는 편이 효율 좋지 않아?"

"내가 하고 싶으니까 그래. 자, 퀘스트 보드 앞이 비었다."

나와 타쿠네 파티는 이야기하면서 퀘스트 보드 앞까지 이동했다.

보드 앞에는 마침 타쿠네 파티 멤버가 끼어들 만한 공간이 있어서, 나는 얼른 퀘스트를 받으러 가라고 그쪽을 가리켰다.

"그래, 알았어! 우리는 갈 테니까 윤도 힘내!"

"이쪽은 적당히 할게."

나는 타쿠와 가볍게 주먹을 맞부딪치고 퀘스트 보드 앞으로 보냈다.

자, 내가 느긋하게 퀘스트 보드를 확인할 수 있으려면 시간이 조금 지나야겠지. 그렇게 생각하면서 길가로 피해 있자 문득 어떤 것에 눈이 머물렀다.

"……여기 어디? 집에 가고 싶어."

길가에서 무릎을 껴안고 웅크린 남자아이가 작게 중얼거리는 게 들렸다.

주의하지 않으면 놓쳐버릴 만한 가느다란 목소리의 남자아이는 플레이어가 아니라 NPC겠지.

하지만 NPC라도 어린애가 슬퍼하는 모습을 보고 못 본 척하는 건 뒷맛이 쓰다 싶어서 다가가서 말을 붙였다.

"이런 데서 뭐 하니?"

"……엄마랑 떨어졌어."

울 것 같은 모습으로 고개를 든 남자아이를 안심시키려고 미소를 지어주면서 말했다.

"그럼 같이 찾아볼까. 도와줄 테니까."

"정말? 누나, 고마워."

녹아버릴 정도로 귀엽게 웃는 남자애를 보고 속으로 안도하는 한편, 난 남자인데라는 생각에 쓴웃음을 지었다.

그리고 메뉴에 메시지가 흘렀다.

── 퀘스트 [미아의 부모 찾기]를 수주했습니다.

왠지 모르게 그렇지 않을까 생각했는데, 역시 이 남자아이는 퀘스트 NPC다.

그리고 NPC에게 직접 말을 걸어서 퀘스트를 수주할 수 있다는 것은 아까 설명에 있었다.

이런 걸 보면 마을의 NPC 전원이 어떤 퀘스트와 관련된 모양이라고 생각하면서 나는 그 남자아이의 손을 잡고 어머니를 찾기 시작했다.

그리고 얼마 동안 어머니를 찾아 돌아다녔다.

남자아이에게서 어머니의 특징을 묻고, 그럴듯한 여성 NPC를 찾지 못했지만 주위 NPC에게 물어가면서 단편적인 정보를 모았다.

남자아이와 어머니가 떨어지기 직전까지 물건을 사던 장소까지 30분 걸려서 도달했고, 거기서 간신히 어머니를 찾을 수 있었다.

"고마워, 누나!"

"정말 고맙습니다!"

20대 초반의 젊은 어머니 NPC가 거듭 고개를 숙였다.

너무 고개를 숙이길래 다급히 제지하면서 마음속으로 '난 형인데'라고 중얼거렸다.

모자가 손을 잡고 또 인파 속으로 사라지는 걸 지켜보자, 퀘스트 완료의 메시지가 흘렀다.

—— 퀘스트 [미아의 부모 찾기]를 클리어했습니다.

그리고 인벤토리의 귀중품 일람에 퀘스트칩이 추가되었다.

퀘스트칩 이외의 정보는 없지만, 실질적으로 3만 G의 가치가 있다고 생각하면 이런 심부름 퀘스트는 꽤나 짭짤한 걸지도 모르겠다.

"그렇긴 해도 이걸로 겨우 하나. 이제 겨우 시작이구나."

일단 퀘스트 보드로 갈까 생각하던 때에 미아의 어머니를 찾던 때에 정보를 준 NPC 한 명이 길가의 벤치에 앉아 있는 게 보였다.

"안녕하세요."

"어라, 아까 본 아가씨인가. 왜 그러죠? 그 아이의 어머니는 찾았나요?"

"예, 저쪽 과일상 앞에 있더라고요."

"그거 잘되었군요. 그런데 나한테 무슨 일이라도?"

어깨에 보라색 숄을 걸친 품위 있는 노파가 오히려 그렇게 물어서 뭐라고 해야 좋을지 생각했다.

직설적으로 퀘스트 주세요, 라고 하면 될까? 왠지 멋대가리 없는 말이고, 그건 좀 아닌 듯했다.

이벤트의 목적은 마을의 평화를 되찾는 것이다, 그러니까——

"어, 곤경을 만난 사람이나 문제 같은 건 없나요?"

"어머나, 당신은 심부름업자인가요?"

조금 놀란 듯이 눈을 치뜨는 노파.

"최근 일이 좀 많네요. 몬스터가 광폭해져서 마을 사냥꾼이나 광부들도 일손이 멈추었다고 하네요. 그래서 마을에 들어오는 상품이 조금씩 부족해졌어요. 그래서 고기나 야채의 가격이 올라서 다들 힘들어하고."

호오, 이게 제1마을에 발생한 문제인가.

미증유의 위기가 다가왔다든가, 몬스터 대군이 밀려드는 게 아니라 꽤나 서민적인 내용이었다.

그 뒤에 노파 주위에 NPC 주부들이 모여서 무슨 잡담이 시작되었다.

"우리 집 애가 꽃병을 떨어뜨려서 다리를 다쳤어. 그래서 짐을 보내고 싶어도 보낼 수 없어서 큰일이야. 하지만 심부름업자라면 받아들여 주지 않을까?"

"어머, 좋네. 나도 아들 부부에게 옷을 보내고 싶은데 양이 좀 많아서."

"나는 취미인 화분을 같은 취미의 친구네 집에 보내고 싶어."

잡담 중심에서 빠져나올 수 없는 내가 오가는 대화를 가만히 듣고 있자, 보라색 숄의 노파가 대표가 되어 내게 말을 건넸다.

"당신, 심부름업자라고 했죠? 모두가 배달해주었으면 하는 것들을 받아들여 주지 않겠나요?"

"어어, 뭐, 가능한 범위라면——"

내가 그렇게 대답하는 동시에 눈앞의 메뉴가 메시지를 받았다.

── 퀘스트 [포스트맨]을 수주했습니다.

나는 퀘스트를 받고 차례로 모인 NPC에게서 퀘스트 아이템인 물건과 각각의 배달처가 찍힌 지도를 받았다.

"받아들여 줘서 고마워요. 물건은 지도에 표시된 장소에 있는 사람에게 직접 전해줘요."

내가 알았다고 말하자, 잡담에 참가했던 NPC가 해산했다.

"말을 건 NPC가 딱 퀘스트의 트리거였구나."

잘은 모르겠지만, 퀘스트를 받았으니 지도를 보면서 배달처를 향해 걷기 시작했다.

도중에 퀘스트 보드 옆을 지났지만, 시작하자마자 몰려갔던 이들이 좀 진정되었는지 퀘스트 보드 앞에 서 있는 사람은 적었다.

거기서 조금 떨어진 장소에서는 플레이어들이 모여서 목청을 높이고 있었다.

"[비룡 토벌] 레이드 퀘스트 참가자 모집중입니다! 밸런스 좋게 파티를 짜서 가고 싶습니다! 남은 인원은 스무 명입니다!"

"포션 납품 퀘스트를 달성하고 싶으니까 수중의 포션을

팔아주세요! 시세의 1.5배 낼게요!"

"공동으로 퀘스트 받지 않겠습니까! 보수가 좋은 퀘스트
입니다!"

퀘스트 보드 주변에서 목청을 높이는 내용에 귀를 기울이
면 레이드급 토벌 퀘스트나 납품 퀘스트인 듯했다.

납품 퀘스트로 납품하는 아이템은 소재부터 생산 아이템
등 폭넓은 분야라서, 나중에 확인하자고 생각하고 퀘스트
보드 앞을 지나쳤다.

지금은 퀘스트 [포스트맨]을 클리어하기 위해 배달처로
가야만 한다.

●

"어머! 이렇게 약해보이는 애가 배달이라니! 애 많이 썼네!"

"딱히 상하기 쉬운 것도 없으니 꼭 오늘 가져다줄 필요는
없었는데! 수고했어!"

"하지만 정말 멋진 당나귀가 있잖아! 이 애한테 짐을 실어
서 운반할 게 아니니까 괜찮아!"

"어머나! 그건 당나귀가 아니라 말이야!"

"""아하하하하!"""

나는 지금 입을 크게 벌리고 웃는 뚱뚱한 중년 여성 NPC들
사이에 끼어 있다.

이벤트 퀘스트 [포스트맨]의 배달처는 어제 중에 다 돌 수

없어서 이틀 걸려서 마지막 배달처에 퀘스트 아이템을 건네줄 수 있었다.

내친 김에 뤼이와 자쿠로를 산보시키려고 소환해서 같이 배달처를 돌았는데, 이렇게 마지막에 아주머니들의 잡담에 끌려가서 나는 뻣뻣한 얼굴로 해방되기를 기다렸다.

뤼이는 얼른 돌아가고 싶은지 한숨을 내뱉고, 자쿠로는 아주머니들의 큰 목소리에 놀라서 내 옷의 후드 부분에 숨어버렸지만 두 개의 꼬리가 비어져 나왔다.

"그럼 우리가 분명히 받았다고 증명서를 써줄 테니까."

끊임없는 대화가 일단락 나고, 할머니들은 그렇게 말하며 각자의 이름을 쓴 작은 종이를 내게 건네주었다. 나는 배달 증명서란 퀘스트 아이템을 손에 넣었다.

이걸로 모든 물건의 배달 증명서를 손에 넣었으니, 이제 이 퀘스트를 수주한 NPC에게 돌아가기면 하면 완료다.

마지막 배달 장소가 수주한 NPC의 바로 옆이 되도록 배달 순서를 조절했기에 바로 돌아올 수 있었다.

"어머, 배달은 다 끝났나요? 그럼 이건 품삯이에요."

━━ **퀘스트 [포스트맨]을 클리어했습니다.**

"또 일감이 있거든 부탁할게요, 업자 아가씨."

"예, 알겠습니다."

보라색 숄을 두른 노파 NPC에게서 보수를 받고 나는 가볍게 인사한 뒤 떠나갔다.

"배달 보수가 퀘스트칩 2개와 약간의 돈인가. 퀘스트칩은 이제 겨우 3개. 하지만 그 외에도 보수가 이것저것 있었으니까."

나는 이틀 동안 NPC에게 아이템 배달만 했던 게 아니다.

마을 안을 다니면서 마을 곳곳에 설치된 퀘스트 보드를 확인했다.

중앙과 동서남북에 각각 한 곳씩, 다 해서 다섯 군데에 퀘스트 보드가 설치되었고, 거기 게시된 퀘스트는 미묘하게 차이가 있었다.

토벌계는 어느 퀘스트 보드에도 붙어 있지만, 심부름이나 납품 쪽은 장소별로 특색이 있는 게 확인되었다.

이를테면 동쪽 퀘스트 보드에 무기 납품 퀘스트가 있으면, 서쪽 퀘스트 보드에는 포션 납품 퀘스트가 있다든가.

또한 배달처의 NPC와 이야기하면 마을에서 일어나는 문제를 여러모로 들을 수 있었다.

어디의 누가 어떤 상태고 어떤 도움이 필요한가, 등의 정보를 메모했기 때문에 이틀이 걸렸다고 할 수 있다.

그리고 그런 퀘스트는 퀘스트 보드에 개재되지 않은 숨겨진 퀘스트임을 알았다.

"어제 미아 퀘스트도, 배달 퀘스트도, 곳곳의 퀘스트 보드를 조사했지만 찾을 수 없었어. 그렇다면 퀘스트 보드에 실리지 않은 숨겨진 퀘스트였다는 소리야."

나는 그렇게 중얼거리면서 남쪽의 퀘스트 보드에 게재된 퀘스트를 수주했다.

"서쪽의 포션 납품 퀘스트 말인데, 딱히 지금 당장 할 필요는 없으니까 이걸로 하자."

성벽 내부에 넓은 밭만이 펼쳐진 남쪽에 있는 것은 이른바 인기 없는 퀘스트 보드가 되어서 미달성 퀘스트가 많았다.

그중에서 내가 수주한 퀘스트는——[농작업 거들기]였다.

나는 퀘스트 NPC이며 [아트리엘]의 건설이나 약초 재배 등으로 신세진 농부 NPC에게 말을 걸었다.

"여어, 너인가. 오늘은 무슨 일이지?"

"일단 퀘스트를 받으러 왔는데, 설명해줄 수 있어?"

"음, 고맙군."

팔짱을 낀 농작업복 차림의 농부 NPC는 밭의 한 귀퉁이를 가리켰다.

"그럼 일을 설명하지. 여기에 펼쳐진 휴경지를 갈아줘. 잡초는 그대로 흙과 함께 섞으면 비료가 되겠지."

나는 [아트리엘]에서 약초밭을 기초부터 만들었던 경험 덕분에 지정된 범위가 좁게 느껴졌다.

"알았어. 얼른 할게."

그리고 지정된 장소로 가서 기합을 넣으면서 [아트리엘]에서 애용하던 괭이를 들고 밭의 앞에 섰다.

잡초가 발목까지 자란 밭에 괭이를 꽂자, 무거운 저항감과 함께 풀뿌리와 함께 흙을 뒤엎을 수 있었다.

95

"끄으, 역시 사람 손이 안 닿은 밭의 흙은 단단해서 힘이 필요해. [인챈트]──어택!"

도중에 인챈트로 ATK 스테이터스 강화를 병용한 지루한 작업을 계속해서 하였다.

때때로 잡초 중에 약초나 독초, 해독초 등의 포션의 소재가 섞여 있기에 그것도 채취하면서 작업하느라 시간이 걸렸다.

역시나 밭일이면 뤼이와 자쿠로가 나설 일이 없지만, 거들고 싶은 건지 자쿠로는 밭 가장자리에서 구멍을 파고, 뤼이는 그걸 지켜보았다. 나는 그걸 곁눈질하면서 작업을 순조롭게 진행하였다.

그리고 미아의 부모 찾기 이상으로 시간이 걸려서 밭 세 군데를 다 갈았다.

──퀘스트 [농작업 거들기]를 클리어했습니다.

퀘스트 완료의 보고와 함께 농부 NPC는 부드러워진 밭의 흙을 보며 만족스럽게 끄덕였다.

"애 많이 썼군. 자, 일당, 그리고 이건 방금 딴 야채야. 가져가라."

나는 퀘스트칩 한 개와 야채가 가득 담긴 광주리를 받는 동시에 등을 세게 한 대 얻어맞아서 비틀거렸다.

당근이나 양파, 양배추, 감자 등의 야채가 담긴 광주리를 보고 [냉기 대미지] 대책으로 쓸 만한 따뜻한 포토푀를 만들 재료가 갖추어져서 개인적으로 아주 좋은 퀘스트로 여겨졌다.

"자, 다음 퀘스트를 클리어하거든 픽업한 퀘스트의 밑준비를 시작할까."

나는 자기가 판 구멍에 떨어질 뻔한 자쿠로를 안아 들고 다시금 퀘스트 보드 앞으로 이동했다.

이번에는 동쪽의 퀘스트 보드로 가서 [잔해 철거 작업]을 수주했다.

그리고 잔해가 산만큼 쌓인 장소 앞에 선 퀘스트 NPC에게 이야기를 들었다.

"여어, 네가 잔해 철거를 도와주러 왔군. 이 일은 여럿이서 하는 건데 괜찮겠어?"

"여럿이서 하는 거란 소리는 파티 추천의 퀘스트인가?"

어려운 작업은 아니면 괜찮을 거라 생각하면서 머리띠를 동여맨 NPC에게서 자세한 이야기를 들었다.

"우리는 대장의 지시로 건물을 짓고 있는데 말이야, 아무래도 해체의 뒤처리까지 손이 가질 않아. 그러니까 여기 잔해에서 쓸 만한 자재를 옆쪽의 공터에 정리해주지 않겠어? 또 자재로 못 쓸 쓰레기는 불태워버려."

그런 말에 다시금 잔해의 산을 살펴보니 건물의 서까래나 벽돌, 괜찮은 형태의 돌 같은 게 보였다.

"혼자서 힘들 경우에는 다른 사람을 불러와도 그 사람 몫의 보수를 주지. 그럼 뒷일은 부탁해."

그렇게 말하고 머리띠를 한 NPC는 떠나갔다.

뒤에 남겨진 나는 잠시 잔해의 산 앞에서 팔짱을 끼고 어쩔지 생각했다.

자갈이나 돌, 벽돌에 목재를 혼자서 분류하는 것은 고생, 아니, 무리.

그러니까 나는 사람은 아니지만 아이템을 이용한 인해전술로 자재를 분류하기로 했다.

"자, 오래간만에 일이다! ──〈소환〉!"

나는 지난번에 [합성] 센스로 대량으로 만든 [핵석]에서 합성 몹을 일제히 불러냈다.

추위 대책으로 만든 히트젤을 많이 불러낸 것 외에도 수 속성의 아쿠아젤, 지 속성의 어스젤, 풍 속성의 윈드젤 같은 세 속성의 젤들을 리더로 하는 합성 슬라임 부대.

기본적으로 적의 발을 묶거나 시간을 버는 벽의 역할로밖에 안 되는 1회용 슬라임들이지만, 오랫동안 [아트리엘]에서 내 일을 거들어온 합성 몹들을 단순한 노동력으로 불러내었다.

"히트젤은 쓰레기를 체내에 넣고 소각. 어스젤들은 자갈이나 모래를 몸 안에 넣고 지정된 장소로 운반. 그 외의 젤들은 잔해나 돌을 하나씩 옮겨서 공터에서 분류해. 그럼 시작!"

내 간단한 지시와 함께 합성 몹 슬라임들이 움직였다.

[아트리엘]의 약초밭을 갈 때 몸 안에 흙을 넣고 휘젓는

지 속성의 슬라임들이 체내에 모래나 자갈을 삼키면 나무토막이나 벽돌이 그 자리에 남는다.

순서대로 벽돌이나 자갈을 옮기는 슬라임들이 대열을 이루고 공터를 왕복했다.

벽돌은 난잡하게 쌓였지만, 다른 돌들과 확실히 구별되었고, 건축자재인 돌도 구별되었다.

자갈을 삼킨 슬라임들은 미리 준비된 모래주머니 안에 들어가서 토해낸 뒤 주머니에서 기어 나왔다.

또 작은 나무상자에는 구부러진 못을 토해내는 슬라임들이 보였다.

슬라임들이 움직이는 한편, 벽돌을 깨끗하게 정리하거나 모래주머니의 입구를 묶고 새 주머니를 준비하는 자잘한 작업을 내가 담당했다.

그리고 서서히 잔해의 산이 철거되는 가운데——

"오오, 대박이 숨어 있었잖아. 이건 조금 고생일지도."

자갈이나 돌, 벽돌에 숨어서 건물의 서까래나 기둥이 모습을 보였다.

어떻게 옮길지 고민하는데, 일부 슬라임들이 커다란 운반물 밑으로 들어갔다.

뭘 하는 건가 싶어서 지켜보던 내 앞에서 커다란 운반물이 움직였다.

"우웃?! 설마 그렇게 나르게?!"

놀라는 내 눈앞에서는 복수의 슬라임들이 커다란 운반물

을 밑에서 들어 올리더니 자신들의 젤 형태의 몸을 굴려서 이동시켰다.

그리고 다 운반한 슬라임이 또 운반물 앞으로 슬금슬금 이동하여 밑으로 들어가서 몸을 굴렸다.

슬라임들이 깨지지 않을지 조마조마하게 지켜보는 가운데 무사히 커다란 운반물을 착착 날랐다.

마지막으로 커다란 서까래를 다 옮기고, 뒤에 남은 나무 부스러기나 나무토막 등은 히트젤들이 체내에 삼켜서 태워 버렸다.

그리고 슬라임들의 인해전술 작전이 끝났다.

도중에 자쿠로도 작은 못을 입에 물고 나무상자에 집어넣는 것을 도와주었다.

"이걸로 끝이라고 보면 되나? 그럼 수고들 했어── 〈송환〉."

잔해의 산에서 쓸 만한 자재를 다 구분하고 정리한 내 마지막 일로, 소환했던 슬라임들을 핵석으로 되돌리는 작업이 있었다.

그리고 돌아온 핵석을 주워 모으는 작업이 나 개인으로서는 제일 힘든 일이었던 것 같다. 일단 숫자가 많으니까.

잔해의 철거 작업을 마치고 공터 구석에 앉아서, 이런 퀘스트라면 에밀리는 간단히 클리어하겠다고 생각하면서 뜨거운 차를 마시며 한숨 돌렸다.

잠시 뒤에 머리띠를 한 NPC가 돌아왔다.

"아니, 놀랐어. 무슨 수를 써서 이렇게 단시간에 저 잔해를 철거한 거지? 뭐, 그건 됐어. 이걸로 새 건물을 지을 수 있겠군! 고맙군, 이건 보수야."

──퀘스트 [잔해 철거 작업]을 클리어했습니다.

메시지가 흐르는 동시에 NPC에게서 다소 많은 돈과 퀘스트칩을 3개 입수했다.

퀘스트 보드에서 본 보수보다도 많아서 이번에는 내가 놀랐다.

"퀘스트 보드에 게시된 클리어 보수보다 많은데."

"어, 그런 여럿이 했을 경우, 한 명당의 보수야. 그걸 너 혼자서 달성했으면 이쪽은 보수를 여럿에게 나눠주지 않아도 되지. 그러니까 그만큼 더 붙여준 거야."

"퀘스트를 솔로로 달성한 보너스인가?"

나는 나름대로 그런 답을 중얼거리고 그런 것도 있다고 납득했다.

혹시 이 퀘스트를 나 혼자의 힘으로 전부 클리어했다면 사흘 이상 걸렸을지도 모른다. 그렇게 생각하면서 여태까지 모은 퀘스트칩을 헤아렸다. 지금으로선 다 합쳐서 7개.

내일은 퀘스트를 받지 말고 납품 퀘스트의 밑준비를 하자고 결심했다.

여담이지만, 내가 슬라임을 써서 잔해 철거 작업을 하는 것을 많은 플레이어들이 지켜보았고, 그 작업 풍경이 스크린샷이나 동영상으로 기록되었다.

슬라임의 작업을 귀엽다고 평가하거나, 솔로로도 귀찮은 잔해 철거 작업을 할 수 있는 수단으로 합성 몹이 재평가를 받은 모양인데, 그건 내가 알 바 아닌 일이었다.

3장 내한 소재와 의태거북

퀘스트 [농작업 거들기]와 [잔해 철거 작업]을 한 다음날.

쌀쌀한 [아트리엘]의 공방과 점포 사이의 문을 열자, 점포에 놔둔 오븐 스토브의 열기가 공방에 흘러들었다.

"어디, 자른 야채를 냄비에 끓여서 쓴맛을 제거한 뒤에 소시지와 베이컨을 넣고 콩소메를 투입."

나는 퀘스트 보수로 입수한 야채들을 써서 포토푀를 만들면서 납품 퀘스트를 위한 준비를 하였다.

마법 풍로 위에 냄비를 올려서 물을 끓인 뒤에 야채를 투입하면서 평소처럼 공방의 큰 가마솥으로 포션 제작에 임했다.

"농작업 중에 입수한 약초를 쓰면 포션과 소재는 필요한 만큼 준비할 수 있으니까, 다음으로는 하이포션과 MP포션, 각종 상태이상 회복약 준비가 필요해."

사전에 체크했던 퀘스트는 포션, 하이포션, MP포션, 각종 상태이상 회복약, 화살 같은 생산 납품 퀘스트와 약초, 철광석, 모피 등의 소재 납품 퀘스트라서, 나는 그러한 아이템을 갖추었다.

꽤나 초심자용 퀘스트라서 난이도 자체는 높지 않으니까, [아트리엘]에 상비한 아이템을 꺼내면 충분히 클리어할 수 있다.

다만…….

"아, 내가 자주 안 쓰는 몹의 드랍 아이템이 부족해."

이 납품 퀘스트는 필요 납품수가 20개 이상이기 때문에 샘플로 소지한 아이템은 부족할지도 모른다.

또 타이밍 안 좋게도 철광석을 질 좋은 철광석이나 철괴로 바꾼 참이라서 숫자가 부족했다.

납품 퀘스트의 수순을 생각하면서, 약불로 보글보글 끓이는 포토푀가 타지 않도록 때때로 휘저으며 납품을 위한 포션을 준비하였다.

병행작업은 여태까지의 포션 제작이나 요리로 익숙하니까 콧노래를 부르면서 할 수 있다.

공방 내부에 콩소메 냄새가 떠돌기 시작하고, 그 맛있는 냄새에 뤼이가 사전에 준 당근 스틱을 깨물고, 자쿠로가 자기 꼬리를 핥아 다듬으면서 공복을 달래려고 했다.

"기다려. 조금만 있으면 포토푀가 다 되니까."

오랫동안 끓여서 야채 속까지 익는 걸 기다리는 동안에 나는 하나씩 꼼꼼하게 포션을 병에 부었다.

포션 작업이 얼추 끝나고 냄비를 불에서 내려 여열로 익혔다.

"자, 이제 먹을 수 있지만, 조금 더 작업을 해야지."

나는 공방에서 점포로 이동해서 [아트리엘]의 상품 재고를 살펴보고 지금은 보충할 필요 없다는 사실을 확인했다.

그리고 창밖으로 보이는 약초밭에 변화가 없는 것을 확인하는데, 갑자기 차가운 공기가 발치를 지나갔다.

다리가 싸늘해져서 자연히 입구로 고개를 돌렸다.

"으읏, 춥다, 추워! 유, 윤 씨, 안녕."

"안녕하세요, 윤 씨. 지금 한가하시죠?"

[아트리옐]에 들어온 것은 창잡이 소녀 라이나와 마법사 소년 알이라는 쌍둥이 콤비였다.

"뭐야, 그 단정적인 질문은? 뭐, 한가하지만."

"아아, 따뜻해! 이 가게는 왜 따뜻한데!"

라이나는 추위로 비비던 팔과 움츠러든 몸을 폈다.

그리고 기초체온이 높은 뤼이와 자쿠로를 발견해서 그쪽으로 다가가는 모습에 나와 알이 쓴웃음을 지으며 바라보았다.

하지만 뤼이와 자쿠로가 도망치는 바람에 라이나는 아쉬운 표정을 짓더니 이번에는 오븐 스토브 앞으로 방향을 바꾸었다.

"알, 오늘은 레티아랑 같이 다니는 게 아니네?"

"예. 우리는 이벤트 기간 중에는 별로 함께 행동하지 않아요."

"레티아 씨는 중소 길드 사람들과 협력해서 퀘스트를 클리어하고 있어! 그러니까 우리도 질 수 없어!"

위세 좋게 소리치지만 추워서 스토브 앞을 떠나지 않는 라이나를 나와 알은 미적지근한 눈으로 지켜보았다.

그리고 보면 라이나의 옷차림은 이전과 다름없이 가죽갑옷의 가벼운 장비라서 추워 보이지만, 알은 바람이 안 통하는 소재에다가 안에 가공을 한 로브를 새로 조달했는지 별로 추워 보이지 않았다.

"알은 방어구를 새로 맞췄어?"

"예! 그렇죠. [냉기 대미지]가 추가된다고 듣고서 추위 대책용 로브를 주문해서 저번에 받았어요."

기쁜 듯이 표정을 푸는 알과 반대로 스토브 앞에서 떠나지 않는 라이나가 원망스러운 듯이 노려보았다.

"알 혼자서만 그러고! 나만 춥잖아!"

"그건 라이의 자업자득이야."

"또 라이나가 무슨 짓 저질렀어?"

"뭐야! 내가 트러블 메이커라도 되는 것처럼!"

라이나는 화를 냈지만, 조금 성급한 면이 있으니까 그런 소리를 들어도 어쩔 수 없다.

"뭐, 진정해. 몸이 따뜻해질 만한 걸 만든 참이야. 그거 먹으면서 이야기를 들어줄 테니까."

여열로 따뜻한 냄비를 점포의 카운터로 옮겨서 둘에게 포토푀를 내놓았다.

뤼이와 자쿠로에게 바닥이 얕은 접시에 스프를 조금 뜨고 큼직하게 자른 야채나 베이컨, 소시지를 얹어주었다.

뤼이는 녹진녹진해진 당근을 먹고 스프를 마시기 시작했고, 자쿠로는 따끈따끈한 감자를 입에 물고 뜨거워했다.

그리고 라이나와 알도 푹 삶은 야채와 스프를 스푼으로 함께 떠서 입에 넣었다.

"하아, 몸에 온기가 스며들어. 레티아 씨에게도 먹여주고 싶어."

"그래. 추운 밖에서 들어온 우리에게 따뜻한 편안함을 줘."

두 사람이 눈을 가늘게 뜨고 행복하게 숨을 내뱉을 때 나는 다시금 물었다.

"그래서 나한테 볼일이 있었던 거 아냐?"

"그래! 윤 씨! 우리가 쓸 만한 저렴한 방한 아이템 있지!"

갑자기 결론부터 말하는 라이나.

나는 알에게 눈짓으로 자세한 설명을 요구하자, 알은 한 차례 고개를 끄덕이고 말하기 시작했다.

"실은 라이가 포션 납품 퀘스트를 클리어했어요."

"납품만 하는 간단한 퀘스트잖아? 게다가 클리어했는데 무슨 문제야?"

"거기서 상업 길드의 가격 폭등이라는 이야기가 엮이면 어떻게 될까요?"

알이 그렇게 말하면서 라이나 쪽을 힐끗 보자, 알의 시선에 기죽은 라이나가 몸을 움츠렸다.

즉 포션 납품 퀘스트 때문에 포션 수요가 늘고, 상업 길드의 가격 상승이 시작된 거겠지.

라이나는 그런 상황을 냉정하게 분석할 수 없어서 수중의 돈을 퍼부어서 포션을 사들였고, 퀘스트를 클리어하긴 했지만 이제 돈이 없다는 소리.

"나 참⋯⋯. [아트리엘]은 하루 동안 판매하는 개수 제한이 있지만, 가격은 저렴하니까 며칠만 참으면 괜찮을 텐데."

"저도 그렇게 말했는데 말을 안 듣고서 바가지 포션을 사들였고, 그 결과 방한 장비를 살 돈이 없다니 정말이지…….."

깊은 한숨을 내뱉는 알에게 고생 많다는 동정의 시선을 보냈다.

"으윽, 반성하고 있어! 하지만 저지른 건 어쩔 수 없잖아!"

"그래서 방한장비는 못 사겠지만, 대신 저렴한 방한 아이템을 찾는다……."

"그래! 그거야! 윤 씨라면 편리한 아이템을 가지고 있을 거 아냐?!"

나는 푸욱 한숨을 내뱉으면서 두 사람이 다 먹은 포토푀 식기를 정리했다.

"원래 여긴 포션 같은 소모품 가게인데."

그렇게 말하고 나는 테이블에 아이템 몇 개를 내놓았다.

"오른쪽부터 순서대로 설명하면 속성 연고, [수 속성 향상] 액세서리, 그리고 히트젤의 핵석이야."

"그건 얼마야?"

"속성 연고가 20만 G, [수 속성 향상] 액세서리는 비싼 건 15만 G, 싼 건 7만 G. 히트젤의 핵석이 10만 G 정도일까."

속성 연고의 효과시간은 몇 시간 정도로 길기 때문에 화 속성의 내화, 내열 크림은 화산 지대의 탐색용으로 팔리고, 수 속성의 내수, 내한 크림은 한랭 대책으로 팔린다.

희귀한 재료 문제상 다소 비싼 20만 G 정도로 팔지만, 제법 잘 나갔다.

다음으로 [수 속성 향상]의 추가 효과는 약간의 속성 공격 보정과 속성 방어 보정을 얻을 수 있어서, 효과가 높으면 충분히 내한 액세서리가 된다.

가격이 15만인 쪽은 최근 만든 여러 소재 등을 사용한 내한 액세서리.

가격이 7만인 쪽은 예전에 만든 액세서리에 실험으로 여러 추가효과를 부여한 작품이다. 이쪽은 내한 효과도 낮고, 제작 시의 콘셉트 등이 없는 시험작이기 때문에 플레이어에 맞춰 조정되지 않았다. 뭐, 이건 어디까지나 샘플이라서, 새롭게 플레이어에게 맞춰 조절한 것을 만들 수도 있다.

마지막으로 히트젤의 핵석은 내가 방한 아이템인 탕파 대신으로 만든 것으로 가격은 소재 값을 넣어서 10만 G다.

그것들을 순서대로 설명하자, 꺼내놓았던 직후에는 기쁨에 환한 얼굴을 하던 라이나도 서서히 표정이 어두워졌다.

"비, 비싸서 못 사!"

"라이나는 그렇게 돈이 없어?"

"하다못해 효과가 짧아도 좋으니까, 한 개 2000G 정도의 아이템이 있으면!"

"라이, 너무 바라는 게 많아. 또 그 가격은 하이포션이랑 같은 가격이야."

두 사람은 초심자를 갓 벗어난 플레이어니까 금전적으로 여유가 있을 리가 없다. 효과 시간이 짧아도 저렴한 방한 아이템을 원하는 거겠지.

"뭐, 이것도 플레이어의 지원 중 일환으로 내가 움직일까."

이 테이블에 늘어놓은 방한 아이템은 원래 다른 용도로 만들어진 것이지만, 그 부차적인 효과가 우연히 방한효과였다. 그러니까 이번에는 처음부터 방한효과를 목적으로 만들어도 좋겠지.

"뭐야, 뭐야?! 바로 저렴한 아이템을 만들어주는 거야?!"

"애초에 너희가 꺼낸 이야기니까 두 사람도 도와."

"에엣?! 왜 저까지."

"됐으니까 알도 거들어! 우리는 같이 죽고 같이 사니까!"

나도 알을 끌어들이는 발언을 했지만, 라이나와 함께일 경우 길동무라고 하는 편이 좋을 것 같다.

뭐, 나도 쓸 만한 아이디어를 떠올리면, 내열, 내한 효과를 가진 소재를 여러모로 조합해서 만들 수 있겠지.

라이나와 알도 끙끙대면서 생각했지만, 그것은 곧 멎었다.

"생각해봤는데, 방한 아이템의 아이디어 같은 건 없어. 애초에 추위 대책 같은 건 많이 있으니까."

라이나의 말처럼 스테이터스의 DEF 강화나 속성 내성을 높이는 걸로 기온 변화에 대응할 수 있고, 장비나 액세서리로도 적응할 수 있다.

그 외에도 내 합성 몹인 히트젤은 열원이 되고, 마기 씨의 사역 몹인 리쿠르는 냉기를 띠기 때문에 시원하다. 그런 존재를 곁에 두기만 해도 꽤 달라진다.

"라이, 반대로 생각해보면? 방한을 하지 않아도 태연한 플레이어가 있잖아."

"어?! 누구야! 알은 뜸들이지 말고 말해!"

"——레티아 씨 말이야. 그 사람의 돈 씀씀이는 최소한의 방어구와 소모품 구입 이외에는 거의 음식에 들어가잖아."

레티아는 여전히 식욕마인인가. 그렇게 생각하면서도 알이 말하는 내용은 흥미 깊었다.

"즉 레티아가 먹는 것 중에 방한 아이템이 되는 게 있다는 소린가?"

"저는 그렇게 생각합니다."

알의 가설에 따르면 레티아가 먹는 것 중에 내한 능력을 높이는 효과가 있는 것이 있다고 생각하는 듯했다.

음식 중에는 일시적으로 스테이터스에 보정을 주는 것도 있으니까 이상한 일은 아니다.

"그러고 보면 최근 레티아 씨가 추운 지역에 갈 때는 나무 뿌리 같은 걸 질겅이는 걸 본 것 같아."

"나는 더운 에어리어에 갈 때에 나뭇잎 같은 걸 씹는 모습을 본 기억이 있어."

"그럼 그걸 조사해보자."

혹시 그게 내열, 내한 효과를 높이는 소재라면 그걸로 무슨 포션 같은 걸 만들 수 있을 가능성이 있다.

"그거라면 나도 본 적이 있고, 소재를 입수한 대략적인 장소는 기억해!"

"어, 분명히 우리가 아는 건 제2마을을 지난 곳에 있는 가도 옆의 숲이에요. 그 근처는 야생 과일이 나니까 레티아 씨가 곧잘 혼자 과일을 따러 가지요."

"얼른 가보자!"

"잠깐, 잠깐. 그렇다고 맹탐하러 갈 시간은 없어."

"그래, 라이. 윤 씨한테도 사정이 있으니까."

폭주할 것 같은 라이나를 나와 알이 붙들었다.

라이나는 다소 불만인 눈치였지만, 일단 의자에서 떨어졌던 엉덩이를 다시금 내렸다.

"그거 [호리어 동굴]이 있는 곳 근처야?"

두 사람에게서 보다 자세한 장소를 듣고 대략적인 위치를 이해하려고 했다.

"아니. 그 전의 분기 중 다른 방향이야. 페어리 팬서나 털실귀신이 출현하는 장소보다 조금 더 간 장소야."

나도 산책 삼아 여러 에어리어를 다니며 소재를 모았지만, 그 에어리어에는 딱히 눈에 띄는 아이템이 있던 기억이 없다.

그 이후로 그 에어리어 주변은 탐색하지 않았지만, 어쩌면 놓쳤을 가능성도 있다.

"그럼 내일 오후 4시 정도면 만나면 될까? 학교가 끝난 뒤에 로그인하면 저녁시간까지는 탐색할 시간을 낼 수 있으니까."

"알았어. 그럼……."

라이나가 약속에 동의하고 알도 고개를 끄덕였다.

그리고 라이나의 시선이 창밖으로 향하여 쌀쌀한 바람이 부는 풍경을 바라보았다.

"추우니까 이대로 내일까지 여기 있으면 안 돼?"

"당연히 안 되지. 자, 돌아가."

내가 쌀쌀맞게 대답하자, 라이나와 알은 그 자리에서 로그아웃했다.

다음에 로그인할 때는 자기 거점으로 설정한 장소든가, 마을의 포털 앞이겠지.

●

다음 날, 학교에서 집에 돌아오자, 미우가 먼저 귀가해서 OSO에 로그인해 있었다.

최근 며칠 동안 이벤트 퀘스트를 맹렬한 기세로 공략하는 모양인지, 아침이나 저녁식사 때에 어떤 퀘스트를 받았다고 줄줄이 보고하였다.

타쿠미도 학교 쉬는 시간에 내게 비슷한 이야기를 해왔다.

그리고 나는 심부름 퀘스트라는 수수하고 효율 안 좋은 퀘스트를 받거나 납품 퀘스트의 준비를 한다고 말하자, 미우와 타쿠미는 토벌이나 소재 수집 퀘스트를 하는 쪽을 추천하였다.

뭐, 그때는 짜증나는 느낌이었지만, 그런 이야기 안에는 유용한 정보가 많이 포함되어 있었다.

"자, 로그인할까."

편한 옷으로 갈아입고, 어제 정해둔 약속시간에 충분히 맞는 것을 확인한 뒤에 로그인하였다.

그리고 느껴지는 부유감과 함께 [아트리엘]의 공방에 내려서자, 석조 공방 안은 바닥에 냉기가 고여 있어서 은근히 추웠다.

빛이 들어오는 채광창이 닫혀서 밖보다 더 추운 장소에서 얼른 나가기 위해서 공방에서 점포로 이동했다.

점포에서는 라이나와 알이 NPC 쿄코가 끓여준 차를 마시면서 기다리고 있었다.

"벌써 왔나. 빠르네."

내가 온 것을 안 라이나는 차를 단숨에 마시고 일어섰다.

"자, 파티 짜고 가자!"

"라이는 좀 진정해."

알이 평소처럼 다독이며 내 쪽을 돌아보았다.

"우리는 준비되었는데, 윤 씨는 괜찮나요?"

"가기 전에 들르고 싶은 곳에 있는데 괜찮을까?"

내가 두 사람에게 묻자, 의아해하면서도 고개를 끄덕였다.

이대로 목적지로 향하나 싶었기 때문에 얼떨떨해진 거겠지.

"그냥 소재를 찾으러 가기만 해선 아깝잖아? 그러니까 가는 김에 이벤트 퀘스트를 수주해서 가자."

"아하, 그래! 그게 좋겠어!"

이벤트를 까맣게 잊고 있던 라이나는 큰 목소리로 동의하였다.

"그럼 갈까. 아, 그 전에 뤼이, 자쿠로 ——〈소환〉."

사역 몹인 뤼이와 자쿠로를 불러내고서 우리는 [아트리엘]을 나섰다.

일단은 동쪽의 퀘스트 보드로 갔다.

몇몇 파티가 퀘스트 보드를 올려다보며 퀘스트를 찾는 가운데, 나는 달성이 완료된 색깔의 퀘스트를 수주했다.

——**퀘스트 [모피의 납품]을 수주했습니다.**

달성 조건 : 옷가게 NPC 톰에게 종류를 불문하고 모피 아이템 60개를 납품한다.

보수 : 5000G, 파티의 각 플레이어에게 퀘스트칩 1개.

"좋아, 이걸로 일단 하나."

"일단 하나라니, 이외에도 퀘스트를 받으러 가게? 다른 퀘스트 보드에 가는 건 귀찮아."

"뭐, 그건 이동하면서 자세히 말할게."

불평하는 라이나를 다독이면서 우리는 뒤쪽 길로 들어가서 어떤 수염 난 노인 NPC에게 말을 걸었다.

"이 시기가 되면 겨울의 도래를 알리기 위해 털실귀신이 하얗게 되어 눈털귀신이라는 마물로 변하지. 그 털로 만든 장식을 집에 장식하며 무병장수한다고 하네. 그 눈털귀신의 털을 모아주지 않겠나?"

—— **퀘스트 [겨울장식의 재료 수집]을 수주했습니다.**
달성 조건 : 퀘스트 아이템 [백설의 귀신털]을 15개 납품한다.
보수 : 5000G, 퀘스트칩 3개.

"털실귀신도 쓰러뜨리면 모피 소재를 드랍하니까, 두 가지 퀘스트를 동시에 할 수 있어. 자, 갈까."

""아니, 아니, 잠깐 기다려!""

"응? 왜 그래?"

다급히 나를 멈추는 라이나와 알을 돌아보면서 나는 전이 오브젝트인 포털로 향하던 발을 멈추지 않았다.

"지금 그거 뭐야?! 어?! 퀘스트 보드에 안 실린 숨겨진 퀘스트가 그렇게 간단히 찾아지는 거야?"

"우리가 NPC에게 직접 퀘스트를 수주한 거죠? 아니, 윤 씨, 어떻게 숨겨진 퀘스트를 아는 건가요?!"

나로선 그렇게 놀랄 일인가 싶으면서도, 혼란에 빠진 라이나와 알이 진정하기를 기다렸다.

후욱후욱 심호흡을 거듭하면서 두 사람이 진정했을 때 설명했다.

"윤 씨, 어떻게 숨겨진 퀘스트를 아는 건가요?"

나는 여기저기의 NPC에게 여러 이야기를 듣고 다닌 경험으로 얻은 숨겨진 퀘스트의 힌트를 가지고 있다면 더 놀라겠구나 싶어서 속으로 쓴웃음을 지었다.

"왠지 우리가 아는 이벤트 퀘스트의 정보와 윤 씨가 가진 정보는 크게 다른 것 같으니까 설명해주세요."

"알았어. 다만 내 이야기 중 대부분은 남한테 들은 말인데 괜찮을까?"

"서론은 됐으니까 얼른 말해!"

"그래요! 뜸들이지 말아주세요."

"아니, 좀 진정하라니까. 흐음, 어흠──그럼 말할게."

닦달하는 두 사람을 가볍게 진정시킨 뒤에 헛기침을 하고 내가 아는 정보를 전했다.

"퀘스트 보드의 퀘스트에는 두 종류가 있어. 단발 퀘스트와 연쇄 퀘스트."

"그건 말 그대로 생각하면, 단발 퀘스트는 그걸로 끝인 거지만, 연쇄 퀘스트는 두 개 이상의 퀘스트가 연쇄적으로 발생한단 소리?"

"그래. 연쇄 숫자는 미정이고 퀘스트 난이도도 오르내려."

"그걸 어떻게 알아보는 건가요?"

알아보는 방법은 아주 간단하다.

"퀘스트 보드의 종이 색깔이야."

"종이 색깔은 분명히 미달성이냐, 달성이냐, 하는 거잖아."

"그래. 흰색이 미달성, 붉은색이 달성된 것. 연쇄 퀘스트는 거기에 관련된 퀘스트가 모두 달성되었으면 붉은색이지만, 도중까지면 황색 종이로 나붙어."

"그럼 윤 씨가 아까 NPC에게 직접 받은 퀘스트는 숨겨진 퀘스트가 아니라 윤 씨가 도중까지 공략했던 퀘스트의 연쇄 퀘스트인가요?"

알의 의문에 대해 나는 고개를 내저었다.

"그건 숨겨진 퀘스트. NPC에게 이야기를 듣고 직접 수주하는 종래의 방법과 똑같으니까 퀘스트 보드만 따라가다간 놓치기 쉬워."

"흐응. 결국은 샅샅이 NPC에게 말을 건 거네."

"아니, 그건 NPC 아주머니들의 네트워크로 곤란한 사람들의 이야기를 들었어."

내가 아주머니 네트워크에 대해 말하자, 두 사람은 '이 인간, 지금 뭔 소리를 하는 거야?'라는 다소 차가운 시선으로 바라보았지만 분위기를 바꾸기 위해 헛기침을 했다.

"어흠, 적당한 NPC에게 말을 걸어서 그 응답으로 찾아가면 퀘스트 NPC를 찾을 수 있어. 비밀이라고 할 만큼 잘 숨겨진 것도 아냐. 그보다 NPC를 찾아다니는 건 조금 수고스럽지만, 이번 퀘스트처럼 보수가 짭짤한 것도 있어."

"보수가 짭짤해? 딱히 그렇게 괜찮은 것 같지도 않은데……."

뭐, 지금 받은 퀘스트가 [모피 납품]과 [겨울장식의 재료 수집]이니까 그리 대단치 않은 것처럼 보이지만, 각각의 보수를 의식하면 다소 다르다.

"보수 부분에 큰 차이가 있잖아? 파티의 각 플레이어에게 퀘스트칩 1개와 전체에게 퀘스트칩 3개라면 차이가 커."

"아, 그런가!"

먼저 알아차린 것은 알 쪽이었다. 역시나 머리 회전이 빠르다.

"이거 파티의 플레이어 한 명당의 보수와 퀘스트 하나당의 보수 분배의 차이다!"

"그게 무슨 소리야?"

퉁명스럽게 알에게 답을 물으려는 라이나에게 알이 조금 더 생각을 정리한 뒤에 설명했다.

"처음에 받은 [모피 납품]이란 퀘스트는 6인 풀 파티나 우리 같은 3인 파티가 받아도 플레이어 한 명이 받는 보수는 퀘스트칩 1개야."

"그래. 그리고 또 다른 [겨울장식의 재료 수집] 퀘스트는 세 개를 셋이서 나누니까 1인당 1개. 양쪽 다 보스는 똑같 잖아."

"세 명일 경우는 그렇지만! [모피 납품]은 솔로라도 6인이라도 요구 조건은 모피 60개. 6인이면 1인당 10개고, 솔로라면 당연히 혼자서 60개잖아. 그만큼 한 명이 지는 부담이다른데, 그 한 명이 받는 퀘스트칩은 똑같이 1개야. 하지만 [겨울장식의 재료 수집]은 솔로로 모을 수 있으면 보수는 혼자 독차지해서 퀘스트칩 3개야."

"어, 그럼 [겨울장식의 재료 수집]은 솔로로 받는 편이 좋잖아?! 그럼 지금 당장 파티를 해산——"라이, 진정해."——
우왓, 뭐야?!"

나는 웃음을 참으면서 라이나와 알의 모습을 지켜보았다.

"혹시 지금 파티를 해산하면 [모피 납품]은 라이 혼자서
60개를 모아야만 해."

"아으으, 하지만 그렇게 되면 독차지가……."

"라이는 퀘스트를 쉽게 클리어하는 거랑 퀘스트칩을 많이
입수하는 것 중 어느 쪽을 택할래?"

"으, 으으으으, 으가아악! 으으, 귀찮으니까 이대로면 돼!"

생각을 포기하고 소리치는 라이나에게 나는 드디어 웃음
을 참을 수 없어졌다.

"크큭, 하하핫. 그렇게 깊게 생각하지 않아도 돼."

"윤 씨가 이렇게 심술궂은 이야기를 꺼내지 않으면 생
각할 필요도 없었는데!"

"화내지 마. 이건 퀘스트 보수를 선택하는 판단 기준 중
하나니까."

퀘스트 중에는 방식에 따라서 난이도가 크게 변하는 퀘스
트도 존재한다.

제일 알기 쉬운 예가 레이드 퀘스트겠지.

6인 파티가 6조, 최대 36명이서 받을 수 있는 대형 퀘스
트의 보수는 이번에는 퀘스트칩 400개라는 파격적인 보수
였다.

이걸 풀멤버 36명으로 공략할 수 있으면 1인당 보수는 우

수리를 올림으로 넣어서 12개다.

하지만 그 절반인 18명으로 공략하면 그 보수는 두 배가 되지만 난이도도 훌쩍 뛴다.

그런 퀘스트 참가자 숫자와 받을 수 있는 보수의 상관관계에 대해 생각하며 우리가 받기 쉬운 퀘스트나 보수 좋은 퀘스트를 찾을 필요가 있다.

라이나와 알에게 그렇게 들려주었다.

"그러니까 그런 점에 주의할 필요가 있어. 참고로 이번에는 내가 조사한 것 중에서 내열, 내한 소재도 내친 김에 채취할 수 있는 퀘스트를 골랐을 뿐이야."

[모피 납품]과 [겨울장식의 소재 수집]은 진행 도중에 소재를 채취할 수 있는 퀘스트로, 그 난이도를 올리면 괜한 시간을 잡아먹는다. 많은 보수를 받을 거면 솔로로 착실히 시간을 들이면 된다.

"자, 털실귀신과 눈털귀신의 집단을 찾았으니까 열심히 상대하고 와."

"하고 오라니, 윤 씨는?"

"나는 너희가 위험해지면 인챈트나 활로 원호하겠지만, 기본적으로 소재를 채취할 거니까."

이런 대접은 너무하다고 할 수 있겠지만, 그건 신경 쓰지 않고 나는 눈에 띈 채취 포인트에서 약초 아이템을 줍거나 채굴 포인트를 파헤치며 광석을 모으기 시작했다.

"숫자가 많지만 피라미야! 가자, 알!"

"웅! 우리의 성장을 윤 씨한테 보여줘야지!"

그렇게 말하며 털실귀신과 눈털귀신의 집단을 향해 공격하는 라이나와 알.

나는 소재를 모으면서도 두 사람의 모습을 살폈다.

잠시 뒤에 라이나가 어그로를 모으는 방패 아츠를 발동시키는 때문에 두 사람이 감당할 수 없는 숫자의 몬스터가 모여들었기에 슬쩍 활로 그 숫자를 조절했다.

라이나와 알이 말했던 소재의 채취 포인트 장소까지는 조금 거리가 있지만, 그 전에 수주한 두 퀘스트나 다른 납품 아이템이 모일지도 모르겠다.

●

"허억, 허억, 적을 단번에 너무 모았어. 힘들어."

"난 도중에 MP가 바닥나서 틀렸나 했어."

"그럼 저기서 쉬어도 돼."

완전히 지쳐서 근처의 세이프티 에어리어에서 쉬는 라이나와 알.

도중에 두 사람이 위험해지면 포션과 인챈트로 백업했지만, 대량으로 모인 피라미 몬스터를 상대로 질린 기색이었다.

"아까 전리품은 모피가 53개, [백설의 귀신털]이 8개니까, 나머지는 내가 모아올게."

그렇게 말하고 라이나와 알에게 경식과 따뜻한 차가 든

수통을 넘겨준 뒤 나는 혼자서 주위 탐색에 나섰다.

털실귀신과 눈털귀신을 각각 일곱 마리씩 해치우면 두 가지 퀘스트 조건은 만족시킬 수 있으니 그렇게 부담 갖지 않고 에어리어를 걸어갔다.

다만 제일 큰 목적인 내열, 내한 효과를 가졌을 듯한 소재는 아직 발견되지 않았다.

"왜 찾는 소재는 안 보이고, 별로 중요하지 않는 적만 보이는 거지?"

나는 그렇게 중얼거리면서 [하늘의 눈]으로 숲 사이로 보이는 몬스터를 바라보았다.

숲의 나무들 저편에 눈털귀신을 한 마리 발견했다.

털실귀신의 마이너체인지판으로 다소 강화된 적을 향해 세게 시위를 당겼다 놓았다.

나무들 사이를 지나서 하얀 털로 뒤덮인 작은 몸에 화살이 꽂혔다.

꽂힌 화살의 기세에 펄쩍 뛰었던 눈털귀신은 공처럼 가볍게 지면을 세 차례 뛰고 구르다가 빛의 입자가 되어 사라졌다.

그 뒤에도 계속해서 눈털귀신이 모습을 보일 때마다 일격으로 꿰뚫어서 이걸로 다섯 마리째.

"뭐야, 눈털귀신이 많이 보이는데."

이런 식이면 두 번째 퀘스트 쪽을 먼저 달성하겠다고 생각하면서 찾는데, 함께 따라왔던 뤼이가 내 옷자락을 잡아당기고 자쿠로가 어떤 방향으로 인도했다.

"왜 그래? 이쪽 방향에 뭐 있어?"

내가 뤼이와 자쿠로에게 끌려간 곳에는 트윈 광장이 있고, 그 광장 중앙에 바위로 의태한 커다란 몬스터가 기다리고 있었다.

"거북 모양의 몬스터인가. 게다가 저 몬스터 밑에 채취 포인트의 반응이 있어."

마치 채취 포인트를 지키듯이 거북이 몬스터인 [미미크리 터틀]이 가만히 앉아 있었다.

반응하는 여러 센스를 하나씩 확인하니, 기척을 죽이고 주면에 녹아들 정도의 고레벨의 [인식 저해] 등의 효과를 가지고 있었다.

그러니까 이전에 탐색했을 때 나의 [간파] 레벨로는 미미크리 터틀을 발견할 수 없었던 걸지도 모른다.

"그럼 이번에는 할 수 있을까?"

나는 센스를 다시금 정돈하여 원거리에서 쓰러뜨릴 수 있도록 준비를 갖추었다.

소지 SP 47

[활 LV49] [장궁 Lv28] [하늘의 눈 Lv13] [준족 Lv18]

[간파 Lv22] [마도 Lv16] [부가술 Lv39] [지 속성 재능 Lv29]

[조교 Lv19] [요리인 Lv15]

대기
[조약사 Lv3] [연금 Lv44] [합성 Lv44] [생산직의 소양 Lv3]
[조금 Lv25] [수영 Lv15] [언어학 Lv24] [등산 Lv21]
[신체내성 Lv3] [정신내성 Lv1]

"자, 가볼까. 〈인챈트〉——어택, 디펜스, 스피드!"

일단 자기 강화를 위한 삼중 인챈트.

"상대의 약점 속성을 모르니까 이번에는 〈엘리먼트 인챈트〉는 없는 걸로. ——〈식재료의 소양〉!"

적의 약점에 마커가 깜빡이고, 그 부위에 들어가는 공격으로 대미지를 추가할 수 있는 [요리] 스킬을 발동시켰다.

"거기에 상대의 약체화를 위해 〈커스드〉——디펜스!"

적의 방어력을 내리고 대미지가 잘 들어가게 하기 위한 커스드를 미미크리 터틀에게 걸었다.

이걸로 밑준비는 끝났다.

"간다. ——〈궁기 — 단발꿰기〉!"

잡아당긴 시위에서 날아간 화살은 미미크리 터틀을 향해 똑바로 날았다.

목표는 바위 같은 등껍질과 목 사이, 〈식재료의 소양〉으로 보이는 마커.

킬러 맨티스조차도 방어 태세를 취하면서도 막을 수 없었던 일격을 맞은 미미크리 터틀은—— 하지만 버텼다.

"……진짜인가. 내 최강의 일격인데."

그렇게 중얼거리며 저 귀찮은 거북을 어떻게 쫓을지 생각하며 뒷머리를 긁적였다.

최강의 일격이라고 해도 통상 공격방법으로 최강의 일격이다.

공격용 아이템 [매직젬]으로 연쇄폭격이면 매직젬의 숫자만큼 체인 보너스로 대미지가 보다 늘어나지만, 지난번에 리리와 함께 도망칠 때에 대량으로 사용해버려서 지금은 재고가 부족한 상태였다.

"하지만 대미지는 확실히 들어간 모양이군."

미미크리 터틀도 전혀 다치지 않은 건 아니고 아주 약간 대미지를 받은 걸 알 수 있었다. 그리고 대미지를 받아서 슬금슬금 움직이는 것처럼 그 자리에서 몸을 흔드나 싶더니, 잠시 뒤에 우뚝 움직임을 멈추고 원래대로 꼼짝도 하지 않게 되었다.

"아니, 관찰하는 동안에 적이 HP를 회복했어."

모처럼 강력한 일격을 넣었는데 HP의 자동회복이 빨라서 깎아낸 만큼 회복되었다.

"하아, 어쩔 수 없지. 일단 라이나와 알에게 돌아가서 의논할까."

실제로 이 장소를 보면 뭔가 정보를 떠올려줄지도 모른다.

그렇게 생각하고 세이프티 에어리어로 돌아가자, 두 사람은 휴식을 마치고 세이프티 에어리어 부근에서 가볍게 모피 수집에 임하고 있었다.

"아, 윤 씨, 어서 와."

"오셨나요. 이쪽은 모피가 3개에 [백설의 귀신털]을 3개 입수했습니다."

"내 쪽도 모피와 [백설의 귀신털]을 입수했으니까 합치면 두 퀘스트의 조건은 달성할 수 있을 거야."

내가 그렇게 말하자, 라이나는 살짝 승리포즈를 취하며 기뻐했고 알은 간신히 끝났다고 안도의 한숨을 내쉬었다.

"아까 주위를 탐색하다가 찾은 게 있어. 두 사람한테 보여주고 싶어서."

""보여주고 싶은 것?""

나란히 그렇게 말하고 고개를 갸웃거리는 모습에 살짝 쓴웃음을 지은 뒤에 나는 방금 전의 방소로 두 사람을 안내했다.

마지막에 보았을 때와 변함없이 계속 바위로 의태하는 미미크리 터틀.

"저 바위 밑이 채취 포인트야. 그러니까 여기가 수상쩍다고 생각해. 레티아한테 뭔가 그럴듯한 거 못 들었어?"

미미크리 터틀을 쓰러뜨리는 방법이나 쫓아내는 방법, 힌트가 될 만한 게 있다면 고맙겠는데.

그렇게 생각하면서 라이나와 알에게 시선을 돌리자, 두 사람 다 팔짱을 끼고 고민하였다.

"그보다 이거 뭐야, 그냥 바위?"

그렇게 말하며 [간파] 등의 센스가 없는 라이나가 부주의하게 바위로 접근하여 미미크리 터틀을 만지려고 할 때——

"우와앗?! 뭔가가 나왔다!"

바위 안에서 머리만 쑤욱 내밀고 느릿한 동작으로 라이나의 손을 깨물려고 들었지만, 너무나도 느린 동작 때문에 라이나는 도망쳤다.

"저 녀석, 엄청 단단해. 그러니까 어떻게 쫓아낼 수 있을지 고민 중이야."

"그런 소리는 일찍 해!"

"틀렸어요. 제 기억에는 없어요."

"그럼 어떻게 한다?"

어떻게 해야 미미크리 터틀 밑의 채취 포인트를 캘 수 있을지 생각하는데, 라이나가 단창을 들고 미미크리 터틀의 측면으로 돌아갔다.

"그런 건 공격하다보면 언젠가 쓰러뜨릴 수 있을 거야!"

나와 알이 막아야 할지 말지를 주저하는 사이에, 라이나는 미미크리 터틀에게 공격을 가했다.

"으랴아아아! 하아아압!"

단창을 휘두르며 바위 같은 등껍질에 공격을 가하는 라이나.

알도 어깨를 으쓱이면서 화 속성의 마법인 불구슬을 만들어서 미미크리 터틀에게 던졌다.

라이나가 질릴 때까지 어울려보자는 생각에 나는 방금

전과 마찬가지로 밑준비를 하고 〈궁기 ― 단발꿰기〉를 날렸다.

세 사람의 공격을 받은 미미크리 터틀은 손발을 집어넣고 완전방어 태세에 들어갔다.

라이나와 알의 공격은 전혀 대미지가 들어가지 않았지만, 내 공격의 일부는 미미하게 미미크리 터틀의 HP를 깎았다. 하지만 내가 MP를 회복시키기 위해 MP포션을 마시는 사이에 HP 자동회복으로 회복되었다.

"허억허억……. 이쪽이 계속 공격하는데 대미지가 안 들어가?"

"라이, 그만큼 방어력이 높다는 소리야. 아아, 힘들다."

쓰러지지 않는 적에게 계속 공격하는 허무함에 제일 먼저 알이 탈락하고, 지쳐서 단창을 휘두를 수 없어진 라이나도 공격을 멈추었다.

그리고 나는――

"아, 이거 의외로 [활] 센스 올리는 데에 쓸 수 있을지도."

그렇게 중얼거리며 계속 화살을 날렸다.

나보다 훨씬 강한 방어력을 가진 상대에게 날리는 공격이라서 전투 센스에 경험치가 축적되었다. 피라미를 계속해서 쓰러뜨리는 것보다 많고, 강한 보스몹을 쓰러뜨리는 것보다 적은 정도일까.

수십 번이나 아츠를 계속 날리자 [활] 센스의 레벨이 하나 올라서 레벨 50 고지에 올라갔다. 그리고 추가되는 센스의 파생으로 새롭게 생겨난 [마궁] 센스 항목을 보고 나는 주저 없이 습득했다.

소지 SP 47

[장궁 Lv30] [마궁 Lv1] [하늘의 눈 Lv13] [준족 Lv18]

[간파 Lv23] [마도 Lv17] [부가술 Lv40] [지 속성 재능 Lv29]

[조교 Lv19] [요리인 Lv15]

대기

[활 Lv50] [조약사 Lv3] [연금 Lv44] [합성 Lv44]

[생산직의 소양 Lv3] [초금 Lv25] [수영 Lv15] [언어학 Lv24]

[등산 Lv21] [신체내성 Lv3] [정신내성 Lv1]

[활] 센스를 대기로 돌리고 새롭게 입수한 [마궁] 센스를 장비해서 한 공격은——

"……오히려 공격력이 떨어졌어. 뭐, 센스가 레벨1이니까 어쩔 수 없나."

어쩌면 신규 취득한 센스로 미미크리 터틀을 쓰러뜨릴 수도 모른다고 생각했지만, 그렇게 쉽지 않은 모양이다.

"저기, 윤 씨, 슬슬 포기하자."

"이거 정말 쓰러뜨릴 수 있나요? 레티아 씨가 찾은 건 다른 장소에 있을 가능성은?"

이미 포기해서 의욕이 없는 라이나와 알.

나도 슬슬 질렸지만, 이번 것에서 못 찾으면 오늘은 시간 관계상 로그아웃해야만 한다고 생각한 뒤 마지막 도전을 했다.

"미안. 마지막으로 한 번 더할게."

그렇게 말하고 나는 되든 안 되든 인벤토리에서 삽을 꺼내어 미미크리 터틀에게 다가갔다. 지면과 미미크리 터틀의 등딱지 사이의 흙을 치우고 손을 찔러 넣었다.

"설마 들어보려고? 무리야."

"나도 그런 바보 같은 짓은 안 해. 일단 되나 안 되나 ──〈클레이 실드〉."

아래서 솟구치는 흙벽.

미미크리 터틀의 등딱지 끝이 거기 걸리게 했다.

이런 방법으로 미미크리 터틀을 뒤집을 수 있으면 대박이라는 정도의 생각이었는데, 서서히 솟구치는 흙벽이 멋지게 등딱지 구석에 걸렸다. 흙벽에 걸리듯이 기울어지는 거북이라는 구도가 만들어졌다. 등딱지 한쪽이 올라갔을 뿐이지 완전히 뒤집힌 건 아니었지만, 그 밑의 채취 포인트를 드러나게 할 순 있었다.

그리고 그런 방법이 있거든 얼른 쓰라는 듯한 라이나와 알의 시선이 왠지 아팠다.

"자, 자아, 두 사람도 얼른 그 밑의 아이템을 채취해줘."

"어?! 무리야! 그게 언제 쓰러질지 모르잖아. 자, 알이 가!"

"나도 무리야! 봐! 거북이가 버둥거리기 시작해서 위험해!"

흙벽으로 등딱지 한쪽이 올라간 미미크리 터틀이 간신히 이상하고 깨달았는지 짧은 팔다리나 머리를 내밀고 느릿느릿하게 팔다리를 버둥거렸다.

움직임이 느려서 귀엽다고 생각하지만, 그 느린 움직임에 맞추어서 빠직빠직 흙벽에 금이 가는 걸 보면 그런 소리나 하고 있을 수 없다.

"아, 쓰러진다! 위험하니까 난 도망갈래!"

"어?! 라이, 혼자 가지 마!"

"어이, 마법으로 들고 있는 나를 두고 가지 마!"

흙벽의 균열이 서서히 커지고 미미크리 터틀을 지탱할 수 없어졌다.

그리고 내가 틀렸다 싶어서 라이나와 알을 따라서 발길을 돌린 순간——

쿠웅 하고 무거운 바위가 위에서 떨어지는 듯한 소리가 함께 내 등에 풍압으로 날아오른 흙이 성대하게 부딪쳤고, 거기에 떠밀리듯이 나는 지면에 머리부터 넘어져버렸다.

"윤 씨, 괜찮아?"

"일단 흙을 맞았을 뿐이라서 괜찮아."

라이나와 알이 근처 나무 그늘로 피난가서는 조심조심 이쪽을 바라보았기에 흙 위에서 손을 살랑살랑 흔들었다.

"꾸우웅."

그러는 한편, 충격과 함께 자세가 되돌아온 미미크리 터틀이 처음으로 소리를 내고 느릿한 움직임으로 그 자리에서 움직이기 시작하여 채취 포인트가 드러났다.

나는 몸에 달라붙은 흙을 털면서 일어나서 미미크리 터틀의 밑에 숨겨졌던 채취 포인트를 내려다보았다.

"하얀 줄기와 이파리와 노란 뿌리?"

하얀 줄기와 이파리를 뻗은 식물을 뽑았다. 흙이 묻은 뿌리는 노란색을 띠고 있었다.

"아, 레티아 씨가 먹던 식재료 같은데, 그런 거였네요."

"알, 이게 그거구나."

내한, 내열용, 각각 별개의 아이템이라고 예상했기에 설마 똑같은 건가 싶어 조금 놀랐다.

이 아이템은 하쿠가라는 아이템인 듯했다.

우리가 충격을 준 미미크리 터틀은 그 자리에서 느릿한 동작으로 몸을 돌려서 채취 포인트에 있는 하쿠가를 지면에서 파헤쳐서 먹기 시작했다.

"이런! 라이나랑 알은 조금이라도 샘플을 회수해!"

""라저!""

우리는 미미크리 터틀이 죄다 먹어치우기 전에 어떻게든 3분의 1 정도를 모을 수 있었다.

절반 가까이 파헤친 미미크리 터틀은 남은 하쿠가를 지키듯이 다시금 그 자리 위로 올라갔다.

"왠지 이상한 몹이지만, 이걸로 목표는 달성했군."

"그렇게 고생한 것 같진 않은데 왠지 힘들어. 하지만 이걸로 저렴한 내한 아이템을 만들 수 있다면 추워서 가기 힘든 에어리어도 편해지겠지."

"라이, 아직 만들 수 있다고 확정된 것도 아냐."

라이나에게 현실을 일깨워주려던 알이었지만 그 목소리에는 패기가 없고, 라이나도 알의 말에 반론할 기력이 없는 듯했다.

"그럼 얼른 시험해볼까. 뤼이 부탁해."

어느 틈에 자쿠로를 데리고 환술을 써서 숨었던 뤼이를 부르자. 환술을 해제하고 다가왔다.

나는 뤼이에게 부탁해서 물을 만들게 하여 나나 하쿠가의 흙먼지를 씻어내고, 벨트에 찔러둔 식칼을 꺼내어 하쿠가를 부위별로 잘라서 실제로 먹어보았다.

"아하, 과연."

"갑자기 윤 씨 본인이 먹다니, 도전가네."

"알도 먹어볼래?"

"아뇨, 사양하겠습니다. 그보다 뭔가 알았나요?"

내가 내미는 하쿠가 이파리 부분을 거부하며 묻는 알.

"분명히 이파리 쪽은 내열 효과, 뿌리 쪽은 내한 효과가 있는데, 유지 시간은 5분이라서 짧아."

하다못해 세 배에서 여섯 배 정도가 아니면 쓰기 힘들다.

그대로 쓸 경우는 껌처럼 계속 입에 넣고 있는 것도 괜찮겠지만, 문제는 맛이다.

"뿌리는 매워. 그리고 이파리 쪽은 시원해지는 정도가 아니라 추워."

이파리 부분을 입에 머금으면 내열 효과를 얻을 수 있지만, 동시에 보이지 않는 스테이터스 부분에 영향이 미치는 건지 조금 으스스한 느낌이라서 나는 부르르 몸을 떨고 팔을 가볍게 비볐다.

"하지만 이걸로 어떻게든 용도를 알았어."

"그럼 목적도 달성했으니까 돌아가자!"

"하쿠가는 전부 윤 씨에게 맡기겠는데, 언제쯤 성과가 나올까요?"

"뭐, 내일이면 형태가 잡힐 거야."

나는 내가 느낀 한기를 들키지 않도록 살짝 자쿠로를 껴안고 두 사람과 함께 제2마을로 돌아왔다.

퀘스트 NPC에게 퀘스트 달성 보고나 기타 수집한 소재의 분배 등을 한 뒤에 라이나와 알과 헤어져서 나는 [아트리엘]로 돌아왔다.

소재를 직접 입에 머금고 어떻게 되는지 체감했기 때문에 아이템을 어떻게 만들어야 할지는 구상이 되어 있었다.

나는 [아트리엘]로 돌아와서 얼른 내한, 내열용 아이템을 만들 밑준비만 해두고 그 날은 로그아웃했다.

그리고 다음 날 [아트리엘]에서는——

"윤 씨, 어제 맡긴 소재로 만든 내한 포션을 보여줘! 그리고 지금 바로 이 추위를 누그러뜨려줘!"

"라이, 어제 퀘스트 보수로 약한 방한장비를 사지 않았어?"

새된 눈으로 라이나를 보는 알.

나는 꼬박 하루밤낮 걸려서 밑준비한 하쿠가를 사용한 두 종류의 액체를 따른 찻잔을 준비했다.

"자, 적갈색 쪽이 내한 효과, 청록색 쪽이 내열 효과의 음료야."

"이거야! 얼른 내한 포션을 마셔보겠어!"

기세로 가득한 말과는 달리 김이 오르는 적갈색 액체를 라이나가 조금씩 마셨고, 알은 청록색 음료를 조금씩 입에 머금었다.

"호오, 이게 내한 포션이구나! 왠지 배 속부터 뜨끈해지는 느낌이야! 스테이터스에도 [내한 효과]가 25분 유지된다고 나왔어."

"제가 마신 내열 포션은 반대로 몸이 서늘해지는 느낌이 드네요. 너무 시원해져서 추울 지경이니까, 다음에는 내한 포션을 마시겠습니다."

두 사람이 각자의 액체에 입을 대는 걸 보고 나는 살짝 소리 죽여서 웃었다.

그리고 두 사람이 머리 위에 물음표를 띄우는 걸 보고 여기서 이 아이템이 포션이 아님을 가르쳐주었다.

"사실은 말이지. 이 액체는 분류상으로는 [조약] 센스로 만드는 포션이 아냐."

"어? 하지만 효과가 발휘되었는데?"

"뭐, 지금부터 보여줄게."

그렇게 말하며 어제 단계에서 밑준비를 해놓은 하쿠가 티포트를 두 개 꺼냈다.

하쿠가는 뿌리 부분과 이파리 부분으로 나뉘어 있다.

일단 뿌리 간 것을 한 스푼 정도 티포트 안에 넣고, 그것과 함께 홍차의 찻잎과 [요정향의 허니크라운]을 조금 넣고 뜨거운 물을 부어서 푹 뜸을 들였다.

다른 쪽의 티포트에서는 건조시킨 이파리를 가위로 잘게 잘라서 넣고, 거기에 뜨거운 물을 부은 뒤 가늘게 자른 레몬을 넣었을 뿐이다.

이렇게 완성된 두 종류의 액체를 다시금 두 사람의 컵에 따랐다.

"지금 본 것처럼 이건 [요리] 센스로 만드는 아이템이야. 한마디로 하자면 포션이 아니라 드링크일까?"

간단히 만들 수 있는 진저티 같은 내한 음료인 [핫 드링크]에, 페퍼민트 허브티 같은 내열 음료인 [쿨 드링크]가 완성되었다.

또 하쿠가의 뿌리는 생강 대신으로 쓰고, 이파리는 민트 대용품이 되기 때문에 이 소재가 상용화되면 음료 형식 이외에도 여러 요리에서 내한, 내열 효과를 얻는 음식이 생겨날 것을 기대할 수 있다고 말했다.

"하지만 상용화하면의 이야기잖아? 할 수 있겠어?"

"일단 하쿠가의 씨앗은 [연금] 센스를 사용해서 입수했으니까, 식물 육성용 화분에 시험 삼아 기르고 있어."

그 외에도 뿌리를 직접 심어서 키울 수도 있는 수수께끼의 식물 하쿠가.

생강과 민트를 합친 듯한 식물이다. 게다가 NPC가 파는 것보다도 맛이 좋다. 그야말로 판타지다.

일단 그런 정보는 종이에 정리해서 자료를 작성했다.

"자, 그걸 감안해서 두 사람에게 할 말이 있는데——"

나는 라이나와 알에게 한 가지 의논을 하였다.

4장 정보의 매매와 마구간

내가 라이나와 알에게 한 의논. 그 내용은——하쿠가의
정보를 파는 것이었다.

유용한 아이템은 그 자체만이 아니라 그 정보도 생산직이
사는 경우가 있다.

예를 들어서 나의 [부가술] 센스의 스킬 〈아이템 인챈트〉
나 〈스킬 인챈트〉, 그 스킬로 만들어낸 아이템은 마기 씨나
클로드 등이 300만 G의 가격을 매겼다.

그러는 한편 나와 에밀리가 [합성]이나 [연금] 센스를 사
용하여 만든 [금속실] 레시피는 그걸 비밀로 하여서 이익
을 올렸지만, 혹시 레시피를 팔면 사려는 사람은 분명히
나온다.

그와 마찬가지로 이 식재료 아이템 하쿠가와 그 활용법을
팔 수 없겠냐고 두 사람에게 의논한 결과——

"우리가 제1발견자가 아니잖아. 우리는 그저 레티아 씨가
먹는 것을 봤을 뿐이야."

"그래. 그러니까 팔 경우의 권리는 레티아 씨에게 있다고
생각하는데."

그 말을 들은 나는 순간 눈을 깜박였다가 곧 표정을 풀
었다.

"음, 그랬지. 그럼 레티아와 라이나와 알까지 셋이야."

"왜 그 안에 윤 씨가 안 들어가는데. [요리] 센스로 만들거나 재배 방법을 찾은 건 윤 씨잖아?"

"그래요. 저희만 득을 보는 거잖아요."

라이나와 알이 말하는 바는 지당하지만, 나는 절대로 인정할 수 없다.

"나는 딱히 정보비를 나눠받을 만큼 돈이 모자라지 않으니까, 라이나와 알이 받아. 그리고 우리가 이 하쿠가의 정보를 비밀로 하면서 효과가 대단치 않은 [핫 드링크]를 계속 파는 귀찮은 짓도 하기 싫어."

당초 목적인 저렴하며 적당한 효과의 내한 아이템의 계속적인 입수는 다른 플레이어에게 맡긴다고 두 사람에게 말했다.

생산직 플레이어가 서로 [핫 드링크]를 팔면 시장이 포화되어 자연스럽게 수요가 내려가고 적절한 가격이 될 터이다.

"게다가 나로서는 하쿠가의 씨앗을 확보한 것이 커. 그보다도 프렌드 통신으로 레티아한테 확인 부탁해."

정보를 팔기 위해서 레티아에게 확인을 구하는 라이나와 알을 놔두고, 나는 수중의 하쿠가 뿌리를 들고 이 고급 생각 같은 식재료로 뭘 만들지 생각했다.

돼지고기 생강구이나 영계 튀김, 만두, 생선조림 등을 만드는 게 좋겠다.

혼자 요리에 대한 망상을 부풀리는데, 라이나와 알이 연락을 마친 모양이었다.

"레티아 씨는 왠지 다 맡긴다는데. 그리고 오늘은 홈에 돌아와 있는 모양이니까 나중에 얼굴 보이러 가자. ──하지만 윤 씨가 말한 정보를 팔 연줄 같은 거 있어?"

"저희로서는 레티아 씨에게 일임받았으니까 싸게 후려쳐지지나 않을지 걱정이에요."

"괜찮아. 괴짜긴 하지만 신뢰할 수 있는 사람이니까. 나도 볼일이 있으니까 얼른 가볼까."

그렇게 말하며 두 사람을 데리고 [아트리엘]에서 밖으로 나가서 정보를 사줄 상대가 있는 가게로 향했다.

그 이동 도중에 [핫 드링크]를 마신 라이나와 알은 추위를 느끼지 않아서인지 조금 기분 좋은 눈치였다.

그리고 도착한 가게는──

"여기는! 멋진 카페인 [콤네스티 카페 양복점]!"

"우리로선 손이 안 닿는 가격의 양과자 가게! 레티아 씨는 질보다 양을 우선하니까, 올 기회가 없었던 동경의 가게!"

눈을 번쩍번쩍 빛내면서 가게를 올려보는 두 사람.

왠지 조금 걱정되어서 가게 안에 들어가면서 제안해보았다.

"티 세트는 내가 살게. 또 레티아에게 줄 선물도 사가자."

"그래도 돼?! 그럼 나는 여기 푸딩 아라모드랑 밀크티!"

"어어, 저는 초콜릿 케이크와 말차라테 부탁합니다!"

"빠르잖아!"

내가 산다고 말한 순간에는 카운터석을 두 개 확보하여

메뉴를 주문하였다.

그리고 나는 그 주문을 받은 웨이터 라템 씨에게 클로드를 만나게 해달라고 부탁했다.

나도 홍차를 한 잔 주문하고, 나온 티 세트를 두 사람이 맛있게 먹는 모습을 보면서 클로드를 기다렸다.

"언제 동복을 찾으러 올까 기다렸는데, 드디어 왔나."

"어, 아무래도 좀 추우니까. 그리고 내가 만든 케이크야."

안쪽에서 나온 클로드에게 인벤토리에 넣어두었던 쇼트케이크가 든 상자를 건네고, 대신 가게 탈의실에서 동복판 오커 크리에이터에 [장비의 연결화] 처리가 된 것을 확인하고 그것으로 갈아입었다.

방한처리가 된 동복은 이전에 입어보았을 때보다도 몸의 열기가 빠져나가지 않았고 옷 안쪽의 감촉도 좋아서 만족했다.

탈의실에서 자리로 돌아오는 도중, 동복으로 갈아입은 나를 알아차리지 못한 라이나와 알을 조용히 관찰했다.

"아! 고양이다! 고양아~, 이쪽으로 오렴~."

"라이, 나도 좀 만지게 해줘!"

다 자란 모습의 행운의 고양이 쿠츠시타를 라이나가 부르자, 그 무릎 위로 뛰어올랐다. 라이나는 쿠츠시타의 턱밑을 손가락으로 간지럽히고, 알도 레티아의 사역 몹에게 익숙하기 때문에 부드러운 손길로 등을 쓰다듬었다.

골골 목을 울리는 쿠츠시타를 보며 내 옆에 온 클로드는 중얼거렸다.

"뭐지? 양복의 모델을 데려왔나? 기분이 고양되는군."

"고양되지 마, 변태! 멋대로 손대지 마!"

스윽 눈을 가늘게 뜨는 클로드가 턱에 손을 대면서 두 사람을 바라보았지만, 결코 농담이라는 말은 하지 않았다. 이눈은 진짜일지도 모르겠다.

그리고 내 목소리를 들었는지 두 사람은 이쪽으로 눈을 돌렸지만, 대화에는 끼어들지 않았다.

"모델 중개가 아니라면 달리 무슨 일이라도 있나?"

"새로운 식재료 아이템과 그걸 사용한 내한, 내열 아이템의 레시피, 그것의 재배방법을 사줘."

"흠. 그건 [콤네스티 카페 양복점]의 오너에 대한 의뢰인가? 아니면 [생산 길드]의 부길마에 대한 의뢰인가."

"어어, 그러한 의논도 포함해서 말인데."

내 석연찮은 말을 듣고 자세히 들어볼 마음이 들었는지, 클로드는 나를 라이나와 알과 조금 떨어진 자리로 데려가서 다시금 마주 보고 앉았다.

"뭐, 일단은 샘플로서 이 두 개의 음료를 마셔봐."

"그럼 먹지.──흠, 진저티로군. 그리고 또 하나는 민트티. 두 종류의 식재료인가. 어느 쪽도 내한, 내열 효과가 부여되는군."

클로드는 좋은 느낌으로 오해해주었지만, 이것이 원래 하나의 식재료 아이템이라고 알면 놀라겠지. 그렇게 생각하면서 미소를 띠었다.

"그래서 이 정보를 사줄 수 있겠어?"

"분명히 이번 업데이트로 내한 효과의 수요가 늘었지. 그리고 방한처리를 한 방어구를 구입할 수 있는 플레이어는 자금에 일정 여유를 가진 플레이어뿐. 따라서 그 이외나 기본적으로 플레이 시간이 짧은 플레이어 상대로는 수요가 많겠지."

클로드는 곧 아이템의 수요를 뽑아냈지만, 그 이외로도 머릿속으로 뭔가 생각을 하는 듯했다.

"나 개인으로서는 이 두 종류의 음료를 [콤네스티 카페 양복점]의 신 메뉴로 그대로 넣었으면 싶군. 그리고 민트 같은 소재가 있으면 초코민트나 민트 사탕 같은 것도 제공할 수 있을 테니까."

하지만——거기서 일단 말을 끊는 클로드.

"그것은 나 개인으로서고, [생산 길드]로서는 나 개인의 판단으로 결정할 수 없다. 무엇보다 새로 가입한 요리 센스 소유자들에게 부족함 없이 동일 소재를 대어주어야만 한다. 현재로선 그럴 만한 힘이 없다."

"역시 그렇군."

푸욱 한숨을 내쉬고 클로드에게서 슬쩍 시선을 떼어서 행운의 고양이 쿠츠시타와 놀고 있는 라이나와 알에게 눈을 주었다.

그 시선의 의미를 알아차린 클로드는 혼자 끄덕였다.

"과연, 이번 아이템의 정보원은 저 둘, 아니, 정확하게는 쌍둥이였나? 네가 안색을 바꾸며 PK가 출현하는 숲속으로 뛰어든 원인이었지?"

직접 얼굴을 보는 건 이번이 처음이지만 알고 있었던 건가, 라고 생각했다.

PK가 출현하는 숲에 돌입한 건 아직 [옥염대]를 시작으로 하는 PK 길드들이 날뛰던 무렵에 나와 에밀리와 레티아가 셋이서 갔던 것을 말한다.

내가 떨떠름한 표정을 하자, 클로드는 히죽히죽 기분 나쁘게 웃었다.

"과연. 눈독 들인 후배 플레이어를 위해서 조금이라도 정보를 비싸게 팔려는 건가."

"······뭐 잘못 됐어?"

"아니, 잘못은 아니지만, 이 정보에 대해서 나 개인은 50만 G가 타당하다고 생각한다."

"흐음, 그런가. 원래 [요리] 센스는 평가가 낮으니까."

그렇게 말하며 뒤통수를 긁적이는 나를 향해 클로드도 다소 미안한 기색을 보였다.

"미안하군. 그리고 [생산 길드] 전체로 생각하면 역시 즉각 대응하기 어렵다."

클로드는 한차례 목을 축이기 위해 차를 마셨고 잠시 침묵한 뒤에 덧붙였다.

"뭐, 계속해서 가져올 수 있다면 가격에 얼마 덧붙을 정도의 편의는 보아주지. 그리고 다른 플레리어를 찾아가면 나보다 비싼 가격을 매길 가능성이 있다."

"편의를 봐주는 건 고맙지만, 안정적으로 공급할 수 있을 만큼 재배로 확보하는 건 어려울 거야. 뭐, 교섭 가격이라면 일단 라이나와 알에게 묻겠는데——"

"응? 윤 씨, 왜 그래?"

"……우읍, 저희도 이야기에 끼는 건가요?"

열심히 케이크를 먹던 두 사람은 이쪽의 시선을 깨닫고 케이크를 삼킨 뒤에 말하였다.

"그 아이템의 정보를 50만 G로 사주겠다는데 어쩔래? 그래도 팔아?"

"50만?! 그 말은 그거잖아! 우리가 평소에 받는 퀘스트 100번 했을 때의 가격이잖아! 결정이야, 결정! 역시 일단은 방한장비를 사야지!"

"라, 라이, 진정해! 셋이서 나누면 약 16만 G야! 하, 하지만 단기간에 그만큼 번 적은 없어. 어어, 저희는 문제없습니다!"

클로드와의 교섭 결과에 대해 두 사람은 기뻐서 펄쩍 뛸 기세지만, 그게 오히려 심각한 금전 상황을 보여주는 것이라서 보는 이쪽이 슬퍼졌다.

"저기, 윤. 이 두 사람은……."

"클로드. 이 녀석들한테 테이크아웃용 과자 좀 준비해줄래? 돈은 내가 낼 테니까."

"그거라면 내가 내지. 직접 돈으로는 50만 G 이상 낼 수 없지만, 정보를 가져와 준 수고비라고 생각해라."

"그럼 교섭 성립이군."

나와 클로드가 가볍게 악수를 나눈 후, 클로드는 라이나와 알에게 50만 G를 지불하고 나는 클로드에게 소재인 하쿠가, 그리고 하쿠가에 대해 내가 정리한 자료를 넘겼다.

하쿠가의 사용법이나 문제의 괴상한 식물을 본 클로드는 미묘한 표정을 짓는 동시에 곧 그것을 [콤네스티 카페 양복점]의 카페 부분을 운영하는 생산직 플레이어들에게 돌렸다.

"그럼 테이크아웃으로 마음에 드는 과자를 골라봐라."

"와아, 그럼 이거랑 이거 부탁해!"

"저는 이쪽의 초콜릿 커스터드 슈크림을 부탁합니다."

마지막으로 클로드에게 테이크아웃용 쿠키나 슈크림, 에클레어 등의 세트를 받고 환한 얼굴을 한 라이나는 곧 뭔가를 깨달은 표정을 지었다.

"나 엄청난 걸 깨달았어! 새로운 아이템의 용도를 발견해서 그 정보를 팔면 쉽게 돈을 벌 수 있어!"

"라이, 그건 노린다고 할 수 있는 게 아냐."

알의 딴죽에 나와 클로드가 말없이 고개를 끄덕였지만, 그 말을 듣지 않고 혼자 신이 나서 계속 떠드는 라이나.

"하지만 좋잖아! 유용한 아이템을 찾아서 그 정보를 판다! 마치 민완 트레저헌터 같잖아! 흐흥, 왠지 멋진 느낌이야."

자기가 새로운 아이템을 찾아낸 멋진 모습이라도 상상했
는지 턱에 손을 대고 있었지만, 곧 현실에 직면하겠다 싶어
서 나는 쓴웃음을 지으며 별말 않고 지켜보기로 했다.

　"라이. 너무 오래 있으면 민폐니까 홈으로 돌아가자! 그
럼 실례하겠습니다. 윤 씨는 저희 [신록의 바람] 길드홈으
로 안내할게요."

　혼자 망상에 빠진 라이나의 목덜미를 붙들고 가게에서 나
가는 알.

　"클로드, 다음에 또 올게."

　"그래, 다음에 올 때까지는 이 소재로 뭐 맛있는 과자라도
완성시켜두지."

　나는 클로드와 가볍게 인사를 나눈 뒤에 두 사람의 뒤를
쫓았다.

　그리고 대로로 나간 라이나와 알을 곧 따라잡은 나는 알
의 옆에 나란히 서서 따라갔다.

　"그러고 보면 나는 레티아네 길드 [신록의 바람]의 길드홈
을 가는 게 처음이네."

　"그래. 애초에 우리 길드홈에 길드멤버 이외의 사람을 초
대한 게 윤 씨로 두 번째 아냐?"

　"참고로 첫 번째가 에밀리 씨예요."

　"그런가. 어떤 길드홈일까?"

　저번에도 OSO 최대 길드 [팔백만]의 길드홈에 증축, 개
축이 있었던 것을 떠올리고 [신록의 바람] 길드홈도 기대했

지만 곧 고개를 내저었다.

길드멤버의 숫자나 성질이 다르다. 비슷한 것을 기대하는 건 애초에 의미가 없다.

그리고 라이나와 알의 안내를 받아서 간 곳은 마구간이 옆에 증설된 2층짜리 단독주택형의 홈이었다.

그 귀여운 인상에 다소 마음을 놓자, 두 사람이 홈 안으로 안내해주었다.

●

"실례하겠습니다."

나는 라이나와 알의 안내를 받아 [신록의 바람] 길드홈의, 겉모습처럼 아담한 실내로 들어갔다.

간이 부엌과 식당, 거실이 겸용인 커다란 방에는 큼직한 나무 테이블이 놓여 있었다. 그리고 2층으로 올라가는 계단이 방구석에서 보였다.

"왠지 심플해서 마음이 편하네."

"윤 씨, 그거 은근히 아무것도 없다는 소리 아냐?"

"괜찮아요. 저희 길드는 서민파니까요. 하지만 언젠가 게임에서만이라도 커다란 집을 쓰고 싶네요."

"아, 아니, 그런 의미가 아니라, 괜히 이상한 치장 같은 게 없어서 깔끔하다는 의미야! 그보다 레티아한테 인사하고 싶은데 어디에 있어?"

1층의 대부분을 차지하는 방에 없다는 소리는 2층에 있는 걸까 싶어서 계단 쪽을 보았다.

"레티아 씨는 2층에 없어."

"어? 그래?"

"예. 레티아 씨에게는 전용 방이 있어요."

"헤에, 전용실이라. 레티아도 출세했네."

레티아도 역시 길드마스터로서의 위엄 같은 걸 위해 그런 부분에 신경 쓰는 건가 싶어서 조금 감탄했다.

하지만 길드홈의 1층과 2층에 없다는 소리는 혹시 지하에 있는 건가? 싶은 마음에 주위로 시선을 돌려보니 창밖을 잿빛의 굵직하고 긴 것이 순간 지나갔다.

"……?!"

뭔가 잘못 봤나 싶어서 가만히 그 창문을 보자, 다시금 그 잿빛의 것이 지나갔다 싶더니 밖에서 유리창을 노크하였다.

황급히 창문으로 달려가서 열고 밖을 보니—— 마구간의 한 구역을 코끼리가 점령하고 있었다.

"아니, 대단하네. 요즘 마구간에는 코끼리도 있나……. 아니, 그럴 리 없잖아?!"

"왜 혼자서 기성을 지르고 있습니까?"

"?! 레티아!"

"예. 윤 씨, 안녕하세요."

마구간에 있는 코끼리, 정확하게는 레티아의 사역 몹인 가네샤의 새끼, 무츠키의 발치에 레티아가 앉아 있었다.

마구간에 깐 짚 위에 갈색의 망토를 깔고, 다른 사역 몹들도 주위에 소환해서 느긋하게 앉아 있었다.

초식동물, 밀버드, 윌 오 위스프, 페어리 팬서, 라나버그, 요정, 그리고 가네샤의 새끼.

수많은 사역 몹의 중심에 레티아가 있는데──

"왜 네가 이런 곳에 있어?"

레티아는 [신록의 바람]의 길마인데, 왜 길드홈 옆에 병설된 마구간에 혼자 있는 건지 의아스럽게 생각했다.

"윤 씨, 아까 말했던 레티아 씨 전용실이 여기예요."

체념한 것처럼 한숨과 함께 꺼낸 알의 말에 다시금 레티아의 그 전용실을 잘 보니, 비바람을 막는 지붕에 밀짚 소파와 침대, 조명용 랜턴 등이 있어서 쾌적성이 갖추어졌다.

또 [냉기 대미지]의 추가로 추운 날이 계속되기 때문에 윌 오 위스프로 화상을 입지 않을 정도의 열원이 모두를 데웠다.

그 광경을 한마디로 표현하자면 초라함이었다.

"레티아, 길마의 방이 마구간이란 소리는 들어본 적 없어."

나는 새된 눈으로 레티아를 보았지만, 아무렇지도 않은 듯이 답변이 돌아왔다.

"아무래도 이 아이들을 소환한 채로 길드홈에 들어갈 수 없으니까요. 저는 이런 여행 동료들과 깊은 친목을 갖습니다."

그렇게 말하고 근처의 초식동물을 빗질해주거나 요정을

머리에 올리면서 멍하니 있었다.

"하아……. 그렇거든 〈송환〉하면 되지 않아? 일곱 마리 동시 소환이라니 무리잖아."

"분명히 아슬아슬하지만, 계속 소환하고 있으면 [조교] 센스의 레벨은 오릅니다."

태연한 얼굴로 말하는 레티아에게 나는 미묘한 표정을 보였지만…….

"오늘은 레티아한테 할 말이 있어서 왔어. 이러면 대화하기 어려우니까 우리가 그쪽으로 갈게."

"뭐?! 우리가 마구간 쪽으로 가?!"

진짜로?! 라고 묻는 느낌으로 놀라는 라이나의 옆을 지나서 나는 일단 현관을 통해 길드홈 밖으로 나가서 마구간 쪽으로 돌아갔다.

그리고 우리는 마구간 안에 들어갔다.

"여기라면 불러도 되겠네. 뤼이, 자쿠로──〈소환〉!"

길드홈을 방문하기 때문에 [아트리엘]을 나올 때에 일단 송환했던 뤼이와 자쿠로를 마구간 안에서 불러내고 우리는 밀짚 소파에 앉았다.

소파에 채운 밀짚은 꽤나 공기를 머금었기에, 천 너머로 버스럭 거리는 소리와 함께 가라앉는 느낌으로 반발이 약했다.

한없이 가라앉을 듯한 소파 때문에 균형이 무너질 것만 같았지만, 내 뒤를 받쳐주듯이 엎드린 뤼이의 몸에 등을 맡기면 의외로 편안한 장소였다.

"……여기 의외로 괜찮을지도. 왠지 침대와 다른 식으로 편안함을 기대할 수 있을지도."

"윤 씨, 마구간의 세계에 어서 오세요."

"윤 씨, 정신 차려! 상식을, 상식을 버리지 마!"

"우리를 버리지 마요!"

등을 뤼이에게 맡긴 내 무릎 위에 올라타는 자쿠로.

뤼이와 자쿠로의 온기를 느끼면서 졸 것만 같은 나를 라이나와 알의 목소리가 잡아끌었다.

"그렇지. 그럼 본론으로 들어갈까. 레티아, 어제에 이어서 오늘도 라이나와 알을 빌려가서 미안했어."

"아뇨, 이쪽도 중소 길드의 플레이어들과의 합동 이벤트 퀘스트에 데려갈 수 없었기에 윤 씨와 함께라면 안심입니다."

"그렇게 말해주니 다행이야. 그리고——"

내가 라이나와 알에게 눈짓을 하자, 두 사람은 하쿠가와 그것을 이용한 핫 드링크와 쿨 드링크, 그리고 그 정보를 팔아서 얻은 요금의 일부인 18만 G를 레티아에게 건넸다.

"레티아가 쓰던 식재료의 정보를 팔아서 입수한 돈이야. 그게 레티아 몫."

라이나와 알은 정보료 50만 G를 3등분하고 나머지를 더얹은 금액을 건넸지만, 레티아는 돈에 흥미가 없는 건지 돌아보지도 않고 핫 드링크와 쿨 드링크로 눈을 돌렸다.

"아하, 제가 씹던 그 들풀입니까."

두 종류의 음료를 교대로 마시고 후욱 숨을 내뱉는 레티아.

"이런 식으로 맛있어지는군요. 돈은 전부 길드의 공통기금으로 맡겨놔 주세요."

돈을 함부로 다루는 것은 레티아답기도 해서 쓴웃음이 새어 나왔다.

본론이 간단히 끝나버렸기 때문에 우리는 자연스럽게 잡담으로 넘어갔다.

"중소 길드 합동으로 이벤트 퀘스트를 한다니, 어떤 느낌이었어?"

"그렇군요. 우리에게 무리가 안 가는 범위로 퀘스트를 받거나 비슷한 느낌의 길드나 활동시간인 플레이어와 퀘스트를 수행했습니다. 뭐, 며칠 정도라서 퀘스트를 그리 많이 할 수는 없었지만, 칩은 7개 정도 모았습니다."

"나는 어제까지 9개 모았어."

"저는 즉석 파티로 행동해서 다소 효율이 안 좋았던 걸지도 모르겠군요."

서로 마구간에서 힘을 쭉 뺀 상태로 시선도 마주치지 않고 대화했다.

그런 우리에게 신경 쓰는 건지 라이나와 알이 마구간 옆에 있는 나무상자와 나무판자로 간이 테이블을 준비했다.

테이블이 있는데 그 위에 아무것도 없는 것도 삭막하니까, 인벤토리에서 샌드위치나 음료, 그리고 [콤네스티 카페 양복점]에서 받아온 선물용 과자를 펼쳤다.

"이 커스터드, 맛있네요. 음냐음냐."

"자, 레티아. 차도 더 있어."

"고맙습니다."

나는 밀짚 소파에서 일어나서 전원 몫의 차를 준비하며 뤼이나 자쿠로에게 자른 샌드위치를 먹었다.

레티아는 사역 몹의 숫자가 많기 때문에 라이나와 알도 음식을 나르는 걸 거들었다.

코를 자유롭게 움직여서 샌드위치나 슈크림을 집는 무츠키나 앞다리를 재주 좋게 쓰는 라나버그는 자력으로 먹었다.

밀버드와 요정은 조그맣기 때문에 잘게 자른 샌드위치를 쪼듯이 먹었고, 초식동물과 페어리 팬서는 라이나의 손에서 받아먹고, 위스프만큼은 평범한 음식이 아니라 생산소재인 약초를 알의 손에서 받아먹으며 그 몸의 광도를 올렸다.

돌발적으로 시작된 자그만 다과회를 보면서 느긋하게 차를 마시는데──

"윤 씨, 음식 더 부탁합니다."

"빠르잖아! 이거야 원……."

준비한 음식의 3분의 2 가까이를 레티아와 코끼리 무츠키가 먹어치웠다.

나는 어쩔 수 없다고 중얼거리면서 인벤토리 안에 보관된 딸기 케이크를 홀 상태로 꺼냈다.

"딸기 케이크라면 있어."

"꼭 먹겠습니다! 원 홀!"

표정을 바꾸지 않고 반짝거리는 시선을 보내는 레티아와 코끼리 무츠키에게 나는 각각 하나씩 딸기 케이크 한 홀씩을 넘겼다.

"라이나랑 알도 먹을래?"

"돼, 됐어. 우리는 보고 있기만 해도 배가 불러."

"저, 저도 충분하니까요."

그렇게 말하며 손을 설레설레 흔들고 사양하는 두 사람.

내가 케이크를 홀 상태로 레티아에게 건네자, 그 한가운데에 포크를 꽂고 커다란 덩어리를 먹기 시작했다.

무츠키는 코를 재주 좋게 사용해서 부드러운 케이크를 조금씩 떠서 먹었지만, 코 끝에 생크림이 묻었으니 나중에 닦아야겠다 싶었다.

문득 깨닫고 보니 내 눈앞에 녹색으로 물든 바람이 소용돌이 치고, 그 안에서 장난꾸러기 요정이 모습을 보였다.

"단내에 끌려서 갑자기 등장! 장난꾸러기 요정인 내가 나타났어!"

그대로 눈앞에서 포즈를 잡더니 바로 내 머리 위에 가볍게 앉았다.

"너…… 뭐 하러 왔어?"

"뭐냐니, 요정은 자유로운 존재야! 그리고 받은 케이크를 다른 요정들에게 나눠주다가 내 몫이 별로 없었으니까 더 먹여줘!"

갑자기 나타났다 싶더니 내 머리카락을 잡아당기며 케이크를 재촉하는 장난꾸러기 요정.

여기서 이 녀석에게 줘도 되나 싶어서 고민하는데, 레티아의 머리 위에 앉은 요정 야요이가 새된 눈으로 날 보았다.

"……나도 케이크."

"봐, 봐, 여기에 있는 동포도 먹고 싶어 하니까! 자, 우리를 위해 케이크!"

내가 레티아의 의견을 듣기 위해 시선을 주자, 레티아는 포크에 꽂은 커다란 케이크 덩어리를 볼이 찢어질세라 입에 욱여넣으면서 끄덕였다.

"하아, 어쩔 수 없군. 홀 케이크는 너무 크니까 자른 걸로 줄게."

나는 한숨을 내뱉으면서 꺼낸 케이크를 6등분하여 장난꾸러기 요정과 레티아의 요정 야요이의 몫을 접시에 담았다.

"와아! 잘 먹겠습니다!"

"잘 먹을게!"

맨손으로 케이크를 먹기 시작하고 손에 잔뜩 묻은 생크림을 핥는 요정들의 모습을 보면서 나는 식은 차를 다시 끓이기 위해 일어났다.

따뜻한 차를 다시금 준비한 티포트를 손에 들었을 때 마구간 입구 쪽에서 복수의 발소리가 들려와서 돌아보았다.

"……당신들, 여기서 뭐 하고 있어?"

내가 티포트를 든 채로 돌아본 곳에서는 기막히다는 표정으로 이쪽을 바라보는 에밀리가 서 있었다.

●

에밀리의 기막히다는 시선을 받으면서 나는 메마른 웃음을 흘렸다.

"왜 길드홈 안이 아니라 병설된 마구간 안에 있어? 레티아라면 모를까, 윤 군까지 모여서 적극적으로 다과회를 하고 있어? 원래 막는 쪽 아냐?"

"아니, 나도 처음에는 그랬어. 하지만 여기라면 레티아의 사역 몹도 있고 내 뤼이와 자쿠로도 불러낼 넓이가 되고 밀짚 소파도 의외로 편안해서……. 저기, 미안."

나는 중간까지 변명 같은 말을 하였지만, 마지막에는 에밀리에게 고개를 숙였다.

"뭐, 윤 군이 무슨 말을 하고 싶은지는 알아. 오늘 내가 우연히 사람을 데려오지 않았으면 아무말도 안 했을 거야."

그런 에밀리의 말에 고개를 들어보니, 에밀리의 뒤에 숨듯이 한 플레이어가 서 있었다.

머리 좌우에 삼각형으로 솟은 특징적인 후드——이른바 고양이 귀 후드를 쓴 플레이어로, 체격을 보면 나보다 조그만 여성이겠지.

에밀리는 데려온 그 사람 쪽을 돌아보며 말하였다.

"미안해, 금방 레티아를 길드 홈 안으로 데려가서 이야기하게 만들 테니까."

"아니, 신경 쓰지 마. 나는 이쪽이 좋으니까……. 눈앞의 동물 파라다이스에서 떨어지다니 아깝고."

마지막에 뭐라고 혼자 중얼거렸지만, 우리에게는 잘 들리지 않았기에 고개를 갸웃거리면서도 일단 납득했다.

그 플레이어는 레티아의 맞은편 자리의 밀짚 소파에 앉아서 한 손을 들고 레티아에게 인사했다.

"레티, 어제 보고 또 보네. 의외로 인재가 풍부한 길드였잖아."

마구간에서 다과회를 신경 쓰는 기색도 없이 이야기를 시작하는 고양이 귀 후드의 플레이어를 향해 레티아는 입 안 가득한 케이크를 삼키고 차를 마신 뒤 마이페이스로 한숨 돌리고 대답했다.

"벨. 윤 씨도, 에밀리 씨도 [신록의 바람]의 멤버가 아니고 이따금 도와주는 외부인이에요."

두 사람의 대화에 귀를 기울이면서 에밀리가 밀짚 소파에 앉았다가 그 편안함에 다소 분한 표정을 하였다.

나는 이들의 앞에 새로운 차와 케이크를 준비했다.

"고마워."

벨이라고 불린 여성 플레이어에게서 가벼운 인사를 받음과 동시에 사냥감을 노리는 듯한 시선이 왔기에 나는 순간 눈이 굳었다.

나와 라이나와 알이 상황을 몰라서 곤혹스러워 하는데, 에밀리가 거들어주었다.

"그녀는 벨가모트. 여기 [신록의 바람]과 마찬가지로 중소 길드의 길마야."

"나는 길드 [푹신동물 동호회]의 길마 벨가모트. 편하게 벨이라고 불러."

길드명과 벨의 외견에서 왠지 모르게 어떤 길드인지 예상이 갔다.

"설마 윤 씨도 있다니."

벨이라고 불린 고양이 귀 후드의 플레이어는 자신만만한 미소를 한층 깊게 띠면서 바라보았다.

"벨은 윤 씨를 아나요?"

"알고 자시고 없어! 우리 [푹신동물 동호회]는 동물 계열의 사역 몹을 만지거나 관찰하는 걸 취미로 하는 길드! 그런 플레이어 사이에서 푹신푹신 사역 플레이어로 유명해!"

그런 말에 나는 무릎 위에 있는 자쿠로를 슬쩍 내 뒤로 감추듯이 이동시켰다.

그 바람에 무슨 일인가 싶어서 고개를 갸웃거리며 내 뒤에서 나오려는 자쿠로를 나는 또 벨의 시야에서 숨기려고 했다.

"왜 숨기는데~. 나는 싫어하는 애를 억지로 만지지 않아. 자, 이리 오렴. 쓰다듬어줄 테니까."

그렇게 말하며 벨은 두 팔을 펼쳤지만, 뤼이와 자쿠로는 상대도 하지 않았다. 그래도 이미 낯을 익힌 레티아의 초식동물 하루와 밀버드 나츠는 가까이 다가갔다.

잠시 뒤에 그들을 쓸어주면서 즐기던 벨은 내가 준비한 차에 입을 대고 만족스럽게 한숨을 내뱉더니 다시금 대화를 시작했다.

"이번에 벨이 이 길드홈에 온 건 이제부터 중소 길드 사이에 있을 협력 체제의 일환으로 이야기하기 위해서야."

그렇게 말하며 막힘없이 설명해주는 에밀리의 말에 납득하면서도 제삼자인 에밀리가 왜 그런 사정을 아는 건가 하는 의문이 생겨났다.

무심코 내가 그렇게 묻자, 이번에는 레티아가 대답해주었다.

"지난 번 중소 길드 합동 퀘스트에서는 에밀리 씨에게도 도움을 받았습니다. 그래서 이번 안내도 그녀에게 부탁했습니다."

"나는 소재 소집과 이벤트 퀘스트를 효율적으로 진행하기 위해 참가한 거니까, 피차 마찬가지야."

그렇게 말하며 에밀리는 준비된 차에 입을 댔다.

"그럼 벨 씨와 에밀리 씨는 레티아 씨가 며칠 동안 길드를 비웠을 때에 만난 거네."

생각한 바를 그대로 말하는 라이나의 말에 벨이 미소를 지으며 긍정했다.

"그래~. 오늘 온 건 더 밀접하게 협력하기 위한 회의야.

뭐, 아직 구상 단계지만."

마지막에 그렇게 덧붙이듯이 말하는 벨에게 알은 흥미가 생긴 눈치였다.

"그건 어떤 협력입니까?"

그리고 자신들의 길드가 앞으로 어떻게 변할지 알려고 알이 질문을 던졌다.

벨이 레티아와 에밀리를 보자, 두 사람 다 고개를 끄덕였다.

레티아는 조금 설명이 서툰 면이 있고, 에밀리는 본래 외부인이라는 입장 때문에 한발 물러난 입장이라서, 여기서는 필연적으로 벨이 설명을 맡았다.

"길드는 많이 있지만, 소속된 플레이어에 따라 활동 실태가 다르잖아? 아침형이나 저녁형 플레이어가 많다든가, 그 외에도 사회인이나 학생 플레이어가 많이 소속되었다든가. 또 특정 취미 중심의 플레이어가 많다든가, 정말로 각양각색이라서 로그인 시간도 제각각인 플레이어들 속에서 비교적 로그인 시간이나 활동 실태가 비슷한 사람들끼리 협력하는 게 중소 길드 연합의 구상이야."

"우리 [신록의 바람]도 벨의 길드 외에도 몇몇 길드 사람들과 파티를 짜거나 하는 시행착오 중입니다."

레티아가 그렇게 덧붙였다.

"뭐, 힘 있는 플레이어는 서로의 실력에 맞는 플레이어끼리 협력해서 공략을 하고, 경험 부족의 플레이어는 각 길드의 백업 체제 속에서 파티를 짜고 경험을 쌓도록 하는 거라서."

벨이 그렇게 말하자, 라이나와 알은 불안하게 레티아 쪽을 보았다.

"그건 같은 길드에 있지만, 우리와는 더 이상 파티를 짜지 않는단 소리?"

"같은 길드니까 파티는 짜지요. 하지만 나와 당신들뿐인 좁은 교우관계로만 완결되면 아깝다는 뜻입니다."

남과 접하기 불편해하는 라이나에게는 허들이 높겠지만, 이것도 필요한 일이다.

언제까지고 작은 길드의 고정 파티에만 머무르면 언젠가 한계가 온다. 게다가 신인 육성은 중소 길드 발전과도 연결되는 내용이다.

레티아는 분명히 라이나와 알을 생각하는 모양이었다.

레티아의 말에 맞추어서 벨도 라이나와 알에게 말을 걸었다.

"지금은 중소 길드의 길마들끼리의 교우까지라서, 경험 부족의 플레이어들끼리의 교류 이야기는 아직 멀었어."

"아, 알았어. 하지만 경험 부족이라든가, 교우 관계 부족이라니, 조금 불만이야!"

"라이, 우리가 아는 사람이라곤 레티아 씨와 윤 씨와 에밀리 씨, 그 외에 무기와 방어구 생산직 정도잖아."

"윽! 부, 분명히 그렇지만!"

"라이, 인정하자. 그리고 교우관계를 넓히는 노력을 하자."

알의 말에 떨떠름하게 끄덕이는 라이나.

그리고 자리의 분위기가 좀 풀어졌을 때, 다시금 벨이 진지한 얼굴로 말했다.

"아까는 멀었다고 말했지만, 나로서는 서둘러서 검토했으면 싶어."

"그게 무슨 말입니까?"

알이 벨에게 묻자, 순간 내게로 눈을 돌린 벨은 다시금 라이나와 알 쪽으로 시선을 되돌렸다.

"라이나와 알은 실력 좋은 [활] 센스 소유자와 알고 있어. 그게 중요해."

그 말을 듣고 나도 레티아도 에밀리도 대충 짐작을 했다.

"그게 무슨 소리야?"

라이나의 솔직한 말에 나도 그도 그렇겠거니 싶었다. [활] 센스―― 특히나 인기 없는 센스로 분류되는 센스 소유자들은 적든 많든 다른 플레이어의 편견에 시달린다.

그 [활] 센스 소유자에 대한 편견이 없는 라이나와 알은 벨에게 귀중한 플레이어라는 소리다.

"참고로 우리 길드는 [푹신동물 동호회]라는 이름이지만, 사실 동물 애호인 건 나뿐이야."

그런 부분의 설명이 필요한가? 아니, 아마 본인은 필요하다고 생각했겠지. 속으로 그렇게 한소리 하고 싶은 것을 꾹 참으면서 이야기를 계속 들었다.

"그런 길드 멤버 중 한 명이 [활] 센스를 가졌는데. 뭐, 파티에서 조금 실수한 경험 때문에 좁은 교우관계로 완결되려고 그래."

간신히 핵심에 들어간 벨의 이야기에 우리는 귀를 기울였다.

"인기 없는 센스를 가진 상대라도 편견 없이 파티를 짜주는 사람은 귀중해. 그러니까 가능하면 그 아이들과 우리 길드 아이들이 교우관계를 맺었으면 하는 희망은 있어. 아, 물론 파티를 짠다고 해도 [활] 센스를 가진 아이도 포함해서 최소한도의 실력을 가졌으니까 일방적으로 기생하는 일은 없을 거야."

단숨에 떠들어서 지쳤는지, 벨이 컵에 입을 대고 목을 축이며 숨을 돌렸다. 그 타이밍에 라이나가 말했다.

"그런 사정이라면 맡겨줘! 내가 착실히 돌봐줄게!"

"라이는 또 그렇게 간단히 떠맡고……. 하지만 저도 반대할 이유는 없으니까 처음에는 시험 삼아 임시 파티부터."

기분 좋게 맡아주는 두 사람에게 벨은 미소 지었다.

하지만 라이나와 알을 아는 나와 에밀리는 다른 걱정이 들었다.

"그렇게 떠맡은 건 좋지만, 제대로 파티 짜고 할 수 있겠어?"

"그래. 특히 라이나가 다리를 잡아끌지 않을까 걱정이야."

"뭐야! 내 어디가 문제인데!"

"일단 자기 가슴에 손을 대고 물어봐."

반사적으로 반론하는 라이나에게 내가 날카로운 눈으로

마주봐주자 떨떠름하게 눈을 감았지만, 자기 과거의 행적을 떠올리며 서서히 안색이 안 좋아졌다.

"윤 군. 라이나에게 자각이 있다면 개선의 여지가 있지 않아?"

"그래. 뭐, 알이 같이 있으면 문제는 일어나지 않겠지."

라이나는 활발하지만, 아까처럼 반사적으로 반론하거나 감정적으로 움직이는 경향이 있기 때문에, 그 점을 다소 의식하는 것만으로도 변하겠지.

그리고 그때 게슴츠레한 눈의 레티아가 중얼거렸다.

"일단 [신록의 바람]의 멤버로서 만나는 거니까요. 저쪽 분들에게 괜히 시비를 걸었다가 전투에서 약한 모습을 보여선 꼴불견이니까요."

"괜히 시비를 걸어?! 약한 모습?!"

레티아의 말에 놀란 라이나는 밀짚 위에서 꽈당 쓰러졌다. 아무도 걱정하지 않는 가운데 2, 3초 시간이 지나자 기세를 타고 일어났다.

"레벨업이야! 신중함을 단련해야 해! 길드 [신록의 바람] 대표로서도 질 수 없어! 자, 알, 바로 가자!"

"라이, 그게 안 된다고! 조금은 차분하게 계획을 세워!"

필사적인 표정으로 일어선 라이나의 옷을 붙잡고 눌러 앉히려는 알.

어쩔 수 없다 싶어서 내가 한숨을 내쉬면서 일어섰다.

"오늘은 시간이 없잖아. 내일 또 [활] 센스를 가진 플레이어와 파티를 짤 때의 움직임을 연습하는 것도 도와줄 테니까."

"정말?! 아니, 센스의 레벨차가 너무 커서 참고가 안 돼!"

"내가 대기로 놔둔 저렙 센스를 장비하면 되겠지. 다만 이번뿐이니까."

걱정하는 라이나와 알에게 한동안 어울려주기로 결정한 나를 향해 레티아와 에밀리가 미안하다는 시선을 보내왔다.

"윤 씨, 연일 라이나와 알과 함께 행동하는데 괜찮겠습니까?"

"사실은 나도 두 사람을 봐줄 수 있으면 좋겠는데, 레티아랑 같이 다음 중소 길드의 합동 이벤트 퀘스트 멤버로 들어가게 되었으니까."

"문제없어. 나도 재미있으니까. 그리고 저렙이나 신규 센스의 취득 기회라고 생각하고 즐길 테니까."

내 대답을 듣고 안도의 숨을 흘리는 레티아와 에밀리.

그리고 라이나와 알은──

"저기, 벨 씨. 난 궁금한 게 있는데, 그 후드 안에는 역시 동물 귀가 있어?"

"라, 라이, 실례야."

"냐하하, 그래. 하지만 진짜가 아니라 고양이 귀 카추샤야."

우리가 두 사람에 대해 이야기하는 동안, 당사자들은 벨에게 즐겁게 말하고 있었다.

후드를 벗고 머리에 장착한 고양이 귀 카추샤를 벗어 보여주는 벨에게 흥분을 숨기지 않는 라이나.

그 외에도 진짜 장비와 별도로 개그 장비로서 고양이 발바닥 글러브나 액세서리 장비로 동물 꼬리 같은 것을 꺼내면서 벨의 동물 사랑을 피로하였다.

[신록의 바람]의 길드홈을 떠날 때, 나는 벨에게서 라이나와 알과 파티를 짜게 해주고 싶은 [활] 센스 소유 플레이어의 소지 센스에 대해 들을 수 있었다.

5장 하수도와 생쥐 퇴치

훗날 라이나와 알과의 약속대로 파티 연대 연습을 위해 같이 퀘스트 보드 앞에서 적당한 퀘스트를 찾았다.

"괜찮아 보이는 퀘스트가 없네."

라이나가 투덜거리면서도 토벌이나 드랍템 수집 퀘스트를 살펴보았다.

"라이, 뭘 기준으로 괜찮아 보이는 퀘스트인지 판단하는 것도 중요하다고 생각해."

"으음, 이거 어떨까? [스켈톤 토벌] 퀘스트!"

알의 지적에 끙끙대면서도 한 퀘스트를 가리키는 라이나.

그 말에 나는 놀라면서도 라이나가 가리킨 퀘스트를 보았다.

장소는 호리어 동굴. 거기의 스켈톤을 스무 마리 토벌하는 퀘스트에 자연히 얼굴이 굳었다.

"스켈톤인가. 레티아 씨와 함께 쓰러뜨린 적이 있으니까 나는 괜찮다고 생각——"자, 잠깐 기다려!"——예?"

나는 동의하는 알에게 다급히 스톱을 걸었다.

두 사람은 내가 다급히 막은 것에 의아하니 고개를 갸웃거리며 돌아보았지만, 반사적으로 불러세운 나는 적당한 이유를 생각하지 않았다.

"어어, 그러니까, 레티아와 함께 쓰러뜨린 적 있다고 해도, 이번에는 같은 전력이 아냐. 게다가 스펙터처럼 귀찮은 몹도 출현하고, 이번에는 파티의 연대 훈련이니까 더 난이도를 낮추는 편이 좋지 않을까 싶어서……."

적당히 둘러대는 이유를 말하는 나를 향해 라이나와 알의 시선이 꽂히는 듯했다.

'사실은 호리어 동굴의 호러 요소가 싫다고는 두 사람에게 말 못 해.'

속으로 식은땀을 흘리면서 두 사람의 반응을 보자——

"그래. 그걸 잊고 있었네! 윤 씨, 고마워!"

"우리가 잊고 있던 점을 일깨워줘서 고맙습니다."

"아하하하, 벼, 별거 아냐."

나는 메마른 웃음을 지으면서도 두 사람의 칭찬에 조금 머쓱함을 느꼈다.

"하지만 난이도를 낮추면서 파티 연대에 쓸 만큼 괜찮은 퀘스트라……. 뭐, 이거 정도일까."

그렇게 말하며 라이나는 퀘스트 하나를 가리켰다.

방금 전에는 스켈톤 같은 호러 요소에 나서고 말았지만, 사실은 두 사람의 자주성을 존중하기 위해 나는 입을 굳게 다물었다.

"이거 좋지 않아? [생쥐 퇴치]라는 퀘스트. 마을 안에 그레이랫이 침입해서 번식했으니까 그걸 쫓아내 달라는 거."

"피라미 몹이고, 솔로라도 쓰러뜨릴 수 있을 만큼 약한 놈이니까, 파티의 연대훈련에는 괜찮겠어."

퀘스트가 결정되자, 라이나의 입꼬리가 유쾌한 듯이 올라갔다.

"결정된 모양이군. 그럼 퀘스트 수주하고 NPC에게 퀘스트의 자세한 정보를 듣자."

"그 다음은 파티의 역할 상담이겠네요."

내가 다음 행동에 대해 말하자, 알이 대 말을 가로챘다. 거기에 고개를 끄덕여주고 셋이서 제1마을의 남서쪽으로 찾아갔다.

거기에는 더러운 삽을 멘 남자가 통나무 의자에 앉아 있었다.

"우리는 [생쥐 퇴치] 퀘스트를 받은 플레이어야. 자세한 정보를 가르쳐줘!"

"라이, 왜 NPC에게 그렇게 거만하게 말해?"

알의 딴죽에 나는 쓴웃음을 지으면서도 퀘스트를 진행했다.

"음, 너희가 퀘스트를 받아주었나. 사실은 난처하게도 마을 안에 생쥐가 들어와선 불어났어. 고작 생쥐라고 해도 숫자가 많아서 나 혼자선 다 처리할 수 없군. 그러니까 전부 퇴치해줘."

"우리한테 맡겨! 그래서 어디에 있어?! 저택이나 창고 안? 아니면 밭에라도 출몰해?!"

라이나는 흥분한 기색으로 퀘스트의 장소를 물으려고 했지만, NPC 남자는 무거운 엉덩이를 들고 뒤쪽에 있는 커다란 쇠뚜껑을 치웠다.

"이 하수도 안에 들어갔어. 안은 어둡고 습하지. 인간이 들어가지 않도록 쇠창살이 있는데, 생쥐는 작아서 쇠창살 틈새를 자유롭게 드나들어. 게다가 이 하수도의 관리를 맡은 내가 생쥐에게 쫓겨 도망칠 때에 쇠창살의 열쇠를 하수도 안에 떨어뜨렸지 뭐야. 그러니까 부탁해."

그렇게 말하고 다시금 통나무 의자에 앉는 NPC를 보고 나는 얼굴을 찌푸렸다.

어둡고 습한 곳. 이건 영 안 좋은 패턴일지도 모르겠다.

"파티의 역할 말인데……. 아니, 윤 씨, 안색이 안 좋은데 괜찮아?"

"어?! 어어, 괜찮아, 괜찮아……."

이 두 사람에게는 한심한 모습을 보일 수 없다. 연상으로서 위엄을 보이며 파티의 역할에 대한 회의에 참여했다.

"나는 전위 탱커로 단창으로 견제하면서 찬스가 있으면 공격. 알은 후위의 화염 마법사니까, 또 여기에 [활] 센스를 가진 플레이어를 어떻게 넣느냐네."

"윤 씨는 능력에 어느 정도 제한을 걸 건가요?"

알의 질문에 나는 두 사람의 센스 스테이터스를 확인하면서 이 경우 쓸 수 있는 센스를 선정했다.

"그래. 기본적으로 공격 수단은 활로만 한정할 생각이야."

"그럼 인챈트 강화나 약체화, 흙 마법이나 근접 공격 수단, 아이템을 사용한 공격 수단도 죄다 봉인할 생각?"

"뭐, 그렇겠지."

내 다채로운 공격 수단을 봉인한다는 말에 어깨를 추욱 늘어뜨리는 라이나. 하지만 그건 애초부터 결정했던 일이다.

활 공격 쪽으로 갖춘 센스 이외에 내게 어떤 역할을 요구할지 두 사람에게 결정하게 할 필요가 있다.

"지금으로선 장비할 예정인 센스는 [마궁], [하늘의 눈], [준족], [마도], [생산직의 소양], [신체내성], [정신내성], 이렇게 일곱 개고, 나머지 세 개는 벨에게 들은 [활] 센스 소유자와 비슷한 센스 구성으로 바꿀게."

"윤 씨. 그러면 윤 씨의 SP를 소비하는데요."

"애초부터 남았으니까 신경 안 써도 돼."

그렇게 말하고 나는 나머지 센스 세 자리를 위해 새로운 센스를 취득했다.

"윤 씨는 뭘 새롭게 땄나요?"

"[물리공격 상승]과 [선제의 소양], [급소의 소양]이야. 간단히 말하자면 대미지 상승과 크리티컬 중심의 센스지."

소지 SP 44

[마궁 Lv1] [하늘의 눈 Lv13] [준족 Lv18] [마도 Lv17]

[생산직의 소양 Lv3] [신체내성 Lv3] [정신내성 Lv1]

[물리공격 상승 Lv1] [선제의 소양 Lv1] [급소의 소양 Lv1]

대기

[활 LV50] [장궁 Lv30] [간파 Lv23] [조약사 Lv3] [연금 Lv44]

[합성 Lv44] [부가술 Lv40] [조금 Lv25] [지 속성 재능 Lv29]

[조교 Lv19] [요리인 Lv15] [수영 Lv15] [언어학 Lv24]

[등산 Lv21]

원래 장비나 기존 센스의 레벨이 있지만, 이걸로 순수한 [활] 센스 소유자의 센스가 되었을 것이다.

내가 OSO를 시작했을 무렵, 뮤우나 타쿠 등에게 권유받은 센스 구성은 분명 이것에 가까운 느낌이었을 거라고 생각하면서 라이나와 알에게 장비 중인 센스를 보여주었다.

"왠지 이렇게 보면 조금 미덥지 않은 느낌이 드는데 괜찮아?"

"윤 씨의 장비는 우리보다 좋으니까 문제없을 거라 생각하지만, 덫이나 적의 습격에 대해 탐지하는 센스가 필요하다고 생각해요."

"그럼 내 [간파] 센스를 쓸 수 있지만, 그러려면 뭔가와 교체할 필요가 있어."

"분명히 그런 건 필요할지도 모르지만 아무튼 가보면 알겠지."

불안해하는 알의 제안을 일축하는 라이나는 하수도로 이어지는 구멍을 들여다보고 입을 다물었다.

"라이? 왜 그래?"

"······내가 먼저 내려가고 다음에 윤 씨. 마지막이 알이야."

"으, 응. 알았어."

조금 진지하게 내려갈 순서를 말하는 라이나를 따라서 사다리를 내려갔다.

머리 위의 빛을 볼 때 지상까지 7미터 정도라고 느끼면서 어둑어둑한 하수도 안으로 들어갔다.

지하에 있기 때문에 찐득하게 달라붙는 듯한 습기와 미적지근한 공기에 새롭게 갖춘 동복 장비가 불필요할 정도였다.

"왠지 던전처럼 어둡고 잘 안 보이네. 알, 부탁해."

"응. 알았어. ——⟨토치⟩."

광 속성의 ⟨라이트⟩와 마찬가지로 화 속성에도 있는 광원을 밝히는 마법을 알이 외워서 지하도 내부를 비추었다.

벽돌로 된 아치 모양의 하수도 내부는 한가운데를 하수가 흐르고, 좌우에 한층 높은 발판이 있었다.

그리고 [하늘의 눈]으로 둘러본 암흑 속에 하수도의 전체적인 모습이 보였지만, 번식한 그레이랫의 모습을 찾을 순 없었다.

"아, 하수도면 던전보다 좁나. 그러면 내 무기로는 휘두르기 어려울지도."

라이나는 자신의 무기인 단창을 상하좌우로 휘둘렀지만,

위치에 따라선 천장이나 벽에 부딪쳤다.

"뭐, 안 좋은 상황을 극복하기 위한 연습이라고 생각하면 되지 않아?"

하수도 상황을 보고 우리는 전투에 대해 거듭 의논하였다.

"그렇지만, 나는 어떤 식으로 공격하면 될까?"

"찌르기를 주체로 하든가, 그 방패를 쓴 패링이나 실드 배쉬가 중심 아닐까? 또 라이나는 아츠 사용을 삼가는 편이 좋을지도."

"으읏, 아, 알았어. 이렇게 좁은 장소에서 폭발시키지 않기 위해서지?"

쓸개라도 씹은 듯한 표정으로 끄덕이는 라이나. 뭐, 화려한 공격을 펑펑 쓰고 싶은 건 알겠지만, 여기선 참아주지 않으면 곤란하다.

"그리고 후위의 역할 말인데, 나랑 알은 어쩌면 좋을 거라 생각해?"

"어, 불 마법과 활을 써서 원거리에서 공격하는 거 아닙니까?"

"그걸 제대로 하기 위한 연구. 이렇게 어두운 장소면 보조 센스 없이 보기 어려워. 게다가 활 공격은 점 공격이니까, 어지간히 큰 몹이 아니면 겨누기 어려워."

거기까지 설명하자 알은 납득한 것처럼 끄덕였다.

"그럼 제가 선행해서 불 마법을 날리고, 그렇게 밝아진 범위를 윤 씨가 사격하는 건 어떨까요?"

"응. 그럼 그런 느낌으로 가볼까."

전위와 후위의 움직임을 확인한 우리는 간신히 하수도 내부의 발판을 걷기 시작했다.

다만 그 걸음은 느릿해서 서로 이야기할 여유도 있었다.

"하아, 여기에 레티아 씨가 있으면 편했겠지."

"레티아는 오히려 어려울 거라 생각해."

"어? 하지만 레티아 씨는 사역 몹이 많아서 머릿수가 되는데요? 우리는 몇 번이나 그 덕을 봤으니까요."

항상 멍한 기색으로 뭔가를 계속 먹는 먹보 엘프의 모습에서 '그 사람이 꺼리는 게 있나?'라고 생각하는 두 사람이지만, 레티아에게도 꺼리는 건 있다.

"라이나랑 마찬가지로 좁은 장소는 극단적으로 힘들어. 사역 몹은 소환장소를 가리니까 장소에 따라선 전력이 제한되지."

대형 몬스터 가네샤인 무츠키나 중형 몬스터 페어리 팬서인 후유, 라나버그인 키사라기 등은 쓰기 까다롭고, 비행하는 소형 몬스터 밀버드인 나츠도 자유롭게 움직일 수 없다.

그렇게 되면 레티아가 쓸 수 있는 몬스터는 윌 오 위스프인 아키와 요정 야요이 정도밖에 없게 되는데, 결과적으로 레티아는 좁은 장소에서 전력이 제한된다.

라이나와 알은 짚이는 데가 있는지 납득했다.

"그럼 윤 씨가 꺼리는 장소는 뭐가 있나요?"

"알, 실례잖아. 여러 장면에서 만능인 윤 씨가 꺼리는 장소가 있을 리 없어. 그보다 적이 납신 모양이야."

라이나가 주는 신뢰가 무서워서 내가 대답을 못 하는 사이에 몬스터와 조우했다.

"자, 적이 왔어! 얼른 생쥐 퇴치하자!"

라이나가 떠오를 〈토치〉의 불빛이 닿지 않는 안쪽 암흑을 바라보았다.

거기에 꿈틀거리는 기척과 어둠 속에서 빨갛게 빛나는 무수한 눈동자를 바라보았다.

"제가 먼저 갑니다! ──〈파이어 샷〉!"

알은 초급인 〈파이어 볼〉보다 위력이 강한 공격마법을 날렸다.

화염이 착탄하고 그걸 피하는 생쥐들의 모습이 드러났다.

"생쥐가 여섯 마리! 자, 간다!"

라이나가 뛰어나가는 동시에 나는 선제로 어떤 활 계열 아츠를 선택했다.

"──〈마궁기 ─ 환영의 화살〉!"

라이나를 뛰어넘어 붉은 꼬리를 끄는 화살이 선두의 생쥐에게 꽂혔다.

보통은 그걸로 끝나는 공격이지만, 이번에는 화살 끝에서 뻗은 붉은 꼬리에서 가지가 뻗듯이 같은 색깔의 마법 화살 다섯 개가 나타나서 차례로 접근하는 생쥐들을 꿰뚫었다.

"후우, 끝났군."

내가 쏜 것은 [마궁] 센스로 취득한 새로운 아츠였다.

방금처럼 본체가 한 마리를 공격하고 다섯 개의 마법 화살이 각각 다른 상대를 노릴 수도 있고, 모든 것을 한 마리에게 집중시킬 수도 있다.

　이렇게 들으면 강력한 아츠 같지만, 마법화살은 플레이어의 INT 스테이터스에 따라 위력이 좌우되며, 명중률은 손재주인 DEX에 따라서 추격타의 정밀도가 크게 바뀐다.

　또 한 마리에게 집중시켜도 연쇄 보너스가 발생하지 않기 때문에 대미지량을 늘릴 수도 없다.

　그런 아츠를 시험 삼아 쏜 나에게 라이나가 원망 섞인 눈을 하였다.

　"……윤 씨, 혼자서 쓰러뜨리면 연대의 의미가 없잖아!"

　"미, 미안."

　"그래요. 윤 씨는 지금은 우리에게 센스레벨을 맞췄다고 해도 쓸 수 있는 아츠의 종류가 많으니까 그 점을 고려해주셔야죠."

　"윤 씨! 어지간한 일이 없는 한 범위계 아츠는 사용 금지!"

　"예……."

　라이나의 말에 다시금 파티의 연대 훈련이 되도록 사용하는 아츠에도 제한을 걸었다.

　"그럼 다시! 새로운 생쥐가 왔어!"

　알이 불 마법을 쏘고 어둠에서 튀어나온 생쥐를 향해 내가 평범한 화살을 날렸는데――

　"……빗나갔네."

"유, 윤 씨……."

생쥐들이 재빨리 피한 자리에 꽂힌 화살을 본 두 사람이 안타까운 것을 보는 듯한 눈을 내게 보내기에 반론했다.

"아니, 장비 센스 레벨이 내려갔으니까 명중률도 내려간 거야!"

●

라이나와 알의 레벨에 맞춰서 내 센스를 다시금 구성한 결과, 활의 명중률이 내려가고, 레벨이나 DEX 스테이터스가 활의 명중률에 영향을 미치는 것을 다시금 실감했다.

참고로 현재 내 장비는 평소에 사용하는 [검은 소녀의 장궁]이 아니라 여름의 캠프 이벤트에서 입수한 유니크 장비 [볼프 사령관의 장궁]이다.

센스 구성을 바꾸면서 스테이터스가 내려가서 [검은 소녀의 장궁]으로는 스테이터스 저하에서 오는 반동 대미지의 디메리트가 발생한다. 그걸 회피하기 위해 무기를 [볼프 사령관의 장궁]으로 바꾸었다.

"생쥐가 도망쳤어. 평소라면 공격하면 반격해 오는 몹인데 뭔가 있나?"

방금 전의 내 변명 같은 반론을 흘려듣고, 도망친 생쥐의 기척을 찾듯이 하수도 안쪽을 바라보는 라이나.

"어째서지? 왠지 안쪽으로 유인하는 것 같아서 기분 나빠."

"뭐, 고민한다고 답이 나올 것도 아니니까 들어가 볼 수밖에 없어."

그렇게 말하며 라이나가 발을 옮겼다.

그렇게 들어간 곳에는 잘그락잘그락 소리를 내는 하얀 자갈이 깔린 곳. 우리는 발밑을 주의하면서 걸었다.

그리고 하수도의 길이 갈라졌는데, 걸어온 통로를 따라서 오른쪽으로 들어가자 하수가 좁은 터널형 수로로 흘러드는 막힌 곳이 나오는 동시에 수많은 생쥐들이 기다리고 있었다.

"이번에는 막힌 길! 안 놓쳐! ──〈파이어 샷〉!"

알이 다시금 날린 불덩어리 위를 따라서 내가 화살을 날렸다.

이번에는 화염의 여파를 맞아 다친 생쥐를 한 마리 꿰뚫는 데에 성공했다.

레벨 저하로 공격력과 명중률이 떨어졌지만, 공격을 두 번 맞추면 쓰러뜨릴 수 있다. 그렇게 자신을 회복하면서 다음 공격을 준비했다.

하지만 생쥐들은 압도적인 숫자로 반격해 왔다.

"큭! 이렇게 숫자가 많으면 귀찮아!"

단창을 찔러서 생쥐 한 마리를 처치하는 사이에 라이나의 옆을 생쥐 네 마리가 지나치려고 했다.

라이나는 다급히 가죽 방패로 생쥐를 후려쳐서 마무리 지었지만, 세 마리는 라이나에게 달라붙듯이 뛰어들고 나머지 한 마리가 후위 쪽으로 달려왔다.

"알, 그쪽으로 갔어!"

"괜찮아! ——〈파이어 볼〉!"

알이 생쥐가 이쪽에 도달하기 전에 불덩어리를 날리자 거기 맞은 생쥐의 털에 불이 붙었고, 생쥐는 그걸 끌려고 스스로 하수 안으로 뛰어들었다.

그 생쥐를 향해 나는 활로 추격타를 날려서 처치했다.

후위 쪽으로 달려온 생쥐에게는 대처했지만, 생쥐 세 마리에게 둘러싸인 라이나는 고전하고 있었다.

"뭐야! 필드에 있는 녀석들과는 움직임이 완전히 달라!"

"내가 한 마리 처치할 테니까 라이나는 두 마리 부탁해!"

생쥐 세 마리는 하수도의 벽을 박차며 변칙적인 움직임으로 라이나를 희롱했다.

그리고 뒤에서 라이나를 덮치려던 생쥐의 움직임을 예측하고 내가 화살을 쏘았다.

앞쪽에 정신을 빼앗겼기 때문에 뒤에서의 공격을 직전에야 알아차린 라이나는 앞뒤에서의 동시 공격에 혼란에 빠져 움직임이 멈추었다.

다음 순간 라이나의 배후에서 뛰어든 생쥐의 몸을 할퀴듯이 날아온 화살이 그 작은 몸을 꿰뚫어 하수도 벽에 부딪치고 빛의 입자로 바꾸었다.

그제야 정신을 차린 라이나는 정면의 생쥐 두 마리에게 의식을 집중하였다.

"나머지 둘! 하압!"

라이나가 단창으로 한 마리를 꿰뚫고, 알이 날린 불구슬이 나머지 한 마리를 불태웠다.

주위에 생쥐가 없어진 것을 확인하고 긴 한숨을 토하는 라이나가 후위 쪽을 돌아보았다.

"우리 연대로는 그럭저럭이라고 생각하는데, 어때?"

"나쁘진 않으려나? 라이와 나만으로는 기습을 받거나, 라이가 적에게 붙잡혔을 때의 대처로 고생했는데 사람이 늘면 대처가 쉬울지도."

"나로서는 딱히 말할 필요가 없겠어. 뭐, 스테이터스 저하의 영향으로 일격에 해치울 만한 공격력이 없는 게 힘들지도."

"그래. 이대로 조금 더 탐색하며 상황을 보자."

라이나에게 파티 리더 역할을 맡겼는데, 하면 할 수 있구나 하고 감탄하면서 막힌 곳을 조사하기 위해 안쪽으로 들어갔다.

그러자 하얀 자갈의 산 위에서 [하수도의 열쇠(B)]라는 퀘스트 아이템을 찾았다.

B란 소리는 그 외에도 복수의 열쇠를 찾아서 하수도의 쇠창살을 열고 들어가는 타입일지도 모른다고 생각하고, 방금 왔던 길을 일단 물러나려고 돌아보자 하수도의 물속에서 생쥐 다섯 마리가 튀어나왔다.

"중요 아이템을 입수하면 적이 나오는 게 기본이지! 자,

간다!"

"——〈파이어 샷〉!"

방금 전과 마찬가지로 알이 선제로 불덩어리를 날렸지만, 그 공격은 빗나갔다.

"라이! 막아줘!"

"전부는 무리! 단번에는 다 상대 못 해!"

전위인 라이나와 후위인 우리에게 나뉘어서 공격해 온 방금 전의 생쥐와 달리, 이번에는 다섯 마리 전부가 일제히 라이나에게 덤볐다.

"잠깐, 이건 다 못 막아!"

팔에 장착한 방패로 왼쪽의 두 마리의 공격을 막고 오른손의 단창으로 오른쪽에서 덤비는 한 마리에게 카운터로 대미지를 주는 데에는 성공했지만, 공격 직후에 생긴 틈에 왼쪽의 생쥐 두 마리에게 공격을 받아 대미지를 입었다.

"뭐야, 대미지 별로잖아! 이거라면 방어를 포기하고······. 어라?"

풀썩 하고 무릎부터 힘이 빠져서 주저앉는 라이나.

나는 뒤에서 라이나가 카운터로 공격을 가한 생쥐에게 화살로 추격타를 날려서 처리했을 때 라이나의 이변을 깨달았다.

시간 경과와 함께 감소하는 라이나의 HP와 미미하게 떨리는 손발.

그리고 들어 올린 방패로 간신히 생쥐 두 마리의 공격을 막았지만, 라이나는 생쥐들의 연속 공격의 연쇄 대미지로 서서히 HP를 잃어갔다.

그때 나는 [하늘의 눈]의 타깃 능력을 써서 라이나와 생쥐들을 확인한 뒤에 외쳤다.

"라이나는 해독과 마비 해제 포션을 써! 알! 그 녀석들은 그레이랫이 아냐! 패럴라이텍포이즌 랫이라는 별종이야!"

하수구의 어둠 속에선 색깔이 비슷해 보이지만, 잘 보면 그레이랫과는 별종의 몹이고 이름과 상황을 보면 독과 마비의 상태이상 공격을 한다고 예측되었다.

"……[마비]라서 포션을 못 써."

"알! 내가 라이나를 회수한 뒤에 적의 발을 묶어줘!"

나는 활을 거두고 전위에서 생쥐들의 공격을 받은 라이나에게 달려갔다.

라이나의 HP는 절반 이하로 내려갔고, 지금도 독 상태이상으로 도트 대미지를 받고 있었다.

그런 라이나에게 어깨를 빌려주어 알에게까지 퇴각하는 도중에 나도 등에 독쥐들의 공격을 받았지만, 독 상태이상까진 걸렸어도 운 좋게도 마비에는 걸리지 않고 후퇴할 수 있었다.

"윤 씨, 갑니다! ──〈파이어 월〉!"

도망치는 우리와 추격해 오는 생쥐들 사이에 화염벽이 솟구쳐서 하수도 천장까지 불길로 가로막혔다.

불타버린 생쥐는 차례로 하수 안에 뛰어들었기에 생각처

럼 대미지를 줄 순 없었지만 시간 유예는 얻었다.

나는 꺼낸 포션을 라이나에게 써서 회복시켰다.

"자, 포션. 한 번 더 갈 수 있겠어?"

"당연하지. 이번에는 실수 안 할 거야."

내가 HP와 상태이상을 회복해준 라이나는 알이 깐 화염 벽이 사라지는 동시에 불길 너머에서 이쪽을 엿보던 생쥐들에게 달려들었다.

기세가 붙은 라이나의 창 공격이 상대가 피하기 전에 그 몸을 꿰뚫어서 한 마리를 처치했다.

"자, 나도 공격에 가담할까."

활에 화살을 매기고 독쥐를 겨누었다. 나머지 네 마리의 독쥐를 나나 알이 처리할 수 있으면 라이나의 부담이 훨씬 줄어든다.

"── 〈궁기 ― 단발꿰 ──〉"

"저도 갈게요.──〈파이어 ──〉"

하지만 나와 알의 스킬 공격이 중단되었다.

갑자기 활시위를 당기던 내 오른팔에 고통이 일고 의식이 그쪽으로 향했기 때문에 발동 도중인 아츠가 불발로 끝나고, 겨냥이 불충분한 화살이 하수도의 어둠 속으로 사라졌다.

"뭐, 야…… 히익?!"

내가 고통이 인 오른팔을 보자, 하얀 뭔가가 깨물고 있었다.

"도, 동물의 해골?"

작고 가벼운 그것은 날카로운 앞니로 깨물고 네 다리로 내 팔에 달라붙어 있었다. 반사적으로 팔을 휘두르자, 그건 하수도의 벽을 박차고 매끄러운 움직임으로 착지했지만, 다음 순간 나는 왼다리에 마찬가지 고통을 느꼈다.

살펴보니 똑같은 존재가 내 왼다리를 깨물고 있었다.

"──힉?!"

제대로 말이 되지 않은 비명을 지르며 다리를 쳐들어서 발밑의 자갈, 아니, 생쥐 스켈톤을 쳐냈지만, 그 순간 나는 이해했다.

발밑에 퇴적된 자갈인 줄 알았던 것은 자갈이 아니라 작은 뼈── 아마 생쥐 뼈였다.

그리고 깨달았다. 발밑의 생쥐 뼈들이 차례로 맞춰지고 적이 되어서 나와 알 주위를 포위하기 시작했음을.

이 발밑의 생쥐 뼈가 덫이라고 깨달았을 때에는 늦었다.

"히익──꺄악!"

"──우, 우와앗?!"

"아니, 윤 씨! 알!"

나와 알은 동시에 여러 마리의 뼈쥐 몹, 커스랫 본의 공격을 받아서 몸 곳곳을 깨물렸다.

알은 [저주]의 상태이상에 걸려서 스킬이 봉인당하여 대항할 수단을 잃는 바람에, 반격할 틈도 없이 뼈쥐들에게 포위되어 HP가 바닥났다.

그러자 알을 상대하던 뼈쥐들이 내게로 모였고, 나는 움직일 수 없어질 정도로 뼈쥐들에게 포위되었다. 뼈쥐들끼리 부딪치고 스치고 움직이는 감각에 닭살이 돋으면서 나는 알과 마찬가지로 쓰러졌다.

"이런 몹이 어디서 나오는 거야! 불도 꺼졌어!"

HP가 다해서 쓰러진 내 귀에 라이나의 분전하는 소리가 잠시 들렸지만, 잠시 뒤 사람 크기의 것이 쓰러지는 소리가 들리고, 주위는 메마른 뼈가 부딪치는 소리만 남았다. 이윽고 그런 소리가 멀어지는 것을 듣고, 나는 블랙아웃한 시야에 떠오른 [소생약]의 사용 선택지에서 [YES]를 골랐다.

"……어두컴컴하군. 뭐, 광원은 알에게 의존했으니까 당연한가."

눈을 떠서 시커먼 가운데, 손으로 더듬어서 기둥이 쓰러진 라이나와 알의 곁으로 다가가서 [소생약]을 주저 없이 사용했다.

"아야야야……. 죽었네. 마지막에는 자포자기로 공격했는데 당했어."

"──〈토치〉. 으웃, 죽음으로 배운다고 하지만, 정말로 문제를 잘 알았어."

느릿느릿 일어나는 라이나와 알은 [소생약]으로 어중간하게 회복된 HP를 포션으로 완전 회복하면서 그 자리에 앉아서 반성할 점을 말하기 시작했다.

"일단 왜 뼈쥐의 출현을 알아차리지 못했는가. 또 중간에 불이 꺼져서 어두컴컴한 속에서 싸워야만 했어."

"뼈쥐 문제는 파티 중에 덫이나 적을 탐지하는 센스를 가진 플레이어가 아무도 없었기 때문이야. 낙관적으로 봤지만 [간파] 센스는 역시 필요해."

"광원이라면 알이 쓰러졌으니까 꺼졌어. 암시 효과가 있는 센스가 없는 라이나는 갑자기 어두워져서 갑자기 전투가 힘들어졌지. 예비로 랜턴 같은 것도 필요할지도."

나는 그렇게 말하고 인벤토리 안에서 던전이나 동굴 탐색에 쓰는 랜턴을 꺼내어 불을 붙였다.

알의 마법의 불길과 랜턴으로 광원이 이중으로 확보되었다.

""".............""".

잠시 동안 셋이서 불빛을 바라보는 가운데, 나는 두 사람쪽을 다시금 돌아보았다.

"저기, 나도 후위로서 큰 미스를 했어. 미안!"

"어?! 그 상황에서는 어쩔 수 없었잖아?"

"사용 금지라고 했어도 처음에 뼈쥐에게 물려서 아츠를 발동할 수 없었을 때 바로 범위계 활 아츠를 사용했으면 충분히 돌이킬 수 있었다고 생각하지만, 내가 동요해서 그럴 수 없었어."

처음에 아츠 발동을 방해받은 직후, 주위를 포위한 뼈쥐들을 향해 범위 공격이 가능한 〈궁기 — 질풍일진〉을 썼으면 뼈쥐들을 일소하든가, 전체에게 나름 대미지를 줄 수 있었을 터이다.

"하지만 윤 씨가 동요했다니 신기해. 항상 여유 있는 느낌이니까."

"알. 그건 센스 레벨 차이와 장비의 질, 풍부한 소비 아이템에서 오는 여유야."

"하지만 왠지 안심했어. 윤 씨는 뭐든 할 수 있는 사람이라고 생각했지만, 우리와 전혀 다를 게 없잖아."

나는 뮤우나 타쿠 등 같은 폐인이 아니다. 뼈쥐처럼 호러나 귀신의 집에 있을 만한 것을 두려워하여 동요하는 보통 인간이다.

"어라? 보통 쥐는 괜찮은데 뼈쥐에게 동요한다는 소리는 쥐가 싫은 것도 아닌 모양이네. 그리고 보면 하수도에 들어올 때에도 안색이 안 좋았고, 혹시 윤 씨는 호러 싫어해?"

"그그그, 그런 건──"

"아, 뒤에 뼈쥐."

"히익?!"

라이나의 말에 반사적으로 뒤를 돌아보며 확인했다가 아무것도 없어서 안도의 한숨을 흘렸다.

나를 향하는 라이나의 새된 시선과 알의 쓴웃음.

"으윽, 그래! 호러나 그로테스크, 귀신 같은 건 싫어!"

"그래, 윤 씨가 싫어하는 건 호러인가. 흐응."

히죽히죽 뭔가를 꾸미는 듯한 표정의 라이나와 그걸 기막히다는 듯이 바라보는 알.

이건 뮤우가 남을 어떤 타이밍에 놀라게 할까 생각할 때와 같은 얼굴이니까 먼저 못을 박아두었다.

"혹시 나한테 괜히 겁주면…… 알고 있겠지?"

반대로 의미심장한 미소로 라이나를 바라보았다.

그러자 라이나는 안색이 창백해져서 설레설레 고개를 내저었다.

뭘 상상했는지는 모르지만, 이렇게 말해두면 내가 실행가능하고 본인이 당하기 싫은 걸 이것저것 생각하고 주저하겠지.

잠시 뒤에 진정이 된 우리는 무거운 엉덩이를 들고 일어나서 하수도 탐색을 재개하였다.

●

방금 전의 실패를 거울삼아서 우리는 전투 스타일을 조성하기로 하였다.

장비한 센스 중에서 〈하늘의 눈〉과 〈간파〉를 교환하여 기습에 대한 경계를 중시하기로 했다.

또 내가 사용할 수 있는 아츠의 종류가 다소 완화되고, 전투도 일단 나와 알이 먼저 공격하는 걸로 했다.

"——〈궁기 — 질풍일진〉!"

"——〈파이어 월〉!"

전투 개시와 동시에 스킬로 범위 공격을 가하여 적 전체에게 대미지를 입힌다.

날린 화살의 풍압에 대미지 판정이 발생하는 〈궁기 — 질풍일진〉은 폐쇄적인 하수도 내부에서는 피할 곳이 없기 때문에 〈하늘의 눈〉의 암시로 어둠 속을 보지 않더라도 거의 확실하게 대미지를 입혔다.

알의 방어마법인 〈파이어 월〉은 무턱대고 돌진해 오는 생쥐들에게 접촉 대미지를 주고 몇 할의 생쥐를 쓰러뜨릴 수 있었다.

"나도 간다!"

나와 알의 개막공격으로 다친 생쥐들을 향해 달려간 라이나는 차례로 놈들을 쓰러뜨렸다.

다만 공격력이 강한 단창으로가 아니라 가죽방패로 생쥐들을 때려눕혔다.

라이나는 보다 빠르게 쓰러뜨리기 위해 평소에는 단창을 쓰지만, 개막공격으로 대미지를 입은 생쥐라면 방패로 때리는 편이 빨랐다.

"아하하! 마침 [방패] 센스 레벨이 낮아서 신경 쓰던 판이었는데, 이걸로 적을 신나게 쓰러뜨릴 수 있어!"

"라이, 너무 깊게 들어가진 마."

불빛 범위 밖까지 뛰쳐나가려는 라이나를 알이 붙들었다.

라이나가 성대하기 날뛰었기 때문에 습격해 온 마비독쥐나 뼈쥐들 중 2할 정도는 암흑 안쪽으로 물러났다.

"꽤 많은 쥐를 해치웠는데, 그래도 상당히 놓쳤어."

이 하수도 탐색 중에 만난 몹은 일반적인 시궁쥐형의 그레이랫, 마비독을 쓰는 패럴라이텍포이즌 랫, 그리고 뼈쥐인 커스랫 본, 이렇게 세 종류였다.

단번에 여러 마리의 쥐들과 조우하거나 저쪽에서 기습을 해오는 일도 있었지만, 전투로 어느 정도 숫자가 줄면 쥐들은 일제히 물러났다.

그걸 반복하면서 우리는 하수도 탐색을 계속했다.

도중에 몇 차례 쇠창살과 마주쳤지만, 그때까지 주운 열쇠가 맞지 않았기 때문에 맞는 열쇠를 찾아서 하수도 내부를 왕복하기를 거듭했다.

그 결과 우리는 하수도 내부의 구조를 완전히 외웠다.

"이제 꽤 걸었는데, 끝은 어디야?"

"퀘스트 클리어 조건은 생쥐를 전부 없애는 거니까 도망친 쥐도 다 잡아야지."

"여태까지 도망친 쥐는 전부 이 안쪽으로 도망쳤어."

그대로 한동안 생쥐와 조우하지 않고 나아가자 막힌 하수도에 도달했고, 하수도의 벽돌벽 일부가 무너져서 좁은 동굴이 입을 벌린 것이 보였다.

그 동굴 입구에 있던 감시병 같은 생쥐가 동굴 안쪽으로 달려가는 모습을 보니, 여기가 종점인 듯했다.

"여기가 종착점이네. ……가자."

라이나가 선두에 서서 동굴 안으로 들어가기 시작했다.

좁은 굴을 나아가자, 도중에 동굴이 단숨에 넓어졌다.

그리고 그 앞의 암흑 속에서 무거운 발소리와 함께 뭔가가 다가왔다.

"저기 보스——뮤턴트 배드랫."

알의 중얼거림과 함께 거대한 쥐가 모습을 보였다.

기다란 윗 앞니에 날카로운 발톱, 회색의 모피까지는 그레이랫과 다름없지만, 가로로 세 쌍 나란히 있는 붉은 눈동자와 채찍처럼 자유롭게 움직이는 긴 세 개의 꼬리를 가진 변이쥐다.

소처럼 거대한 변이쥐는 그 입 가장자리에 그레이랫을 물고, 두 손에 각기 쥔 마비독쥐와 뼈쥐도 입 안에 넣어서 통째로 삼켰다.

그리고 그런 쥐의 대장을 지키듯이 무수한 작은 쥐들이 에워쌌다.

그때 메뉴에 메시지가 도착하고, 퀘스트의 [생쥐 퇴치]의 달성 조건이 모든 생쥐의 퇴치에서 뮤턴트 배드랫의 격파로 변경되었다.

"이 녀석들을 쓰러뜨리면 끝이야! 하아아압——"

라이나가 적을 보자마자 두 손으로 든 단창을 쳐들고 변이쥐에게 돌격하였다.

나는 내심 그 대사는 사망플래그라고 생각하면서도 라이나를 서포트하기 위해 원호사격을 하였다.

알도 라이나의 앞길을 막는 세 종류의 쥐들을 쓰러뜨리기 위해 마법으로 지원했다.

"——〈궁기 — 질풍일진〉!"

"간다! ——〈파이어 월〉!"

나와 알이 라이나의 부담을 줄이기 위해 쥐들을 향해 범위 공격을 날렸다.

하지만 하수도와 달리 넓게 파인 동굴 내부에서는 도망칠 곳이 있고, 절반 이상의 쥐가 좌우로 나뉘어서 우리의 공격을 피했다.

"라이! 포위되겠어!"

"알고 있어. 하지만 넓어서 자유롭게 움직일 수 있는 건 쥐들만이 아냐! ──〈대차륜〉!"

라이나는 단창 끄트머리를 쥐어서 최대한 길이를 확보하고 발뒤꿈치를 축으로 삼아서 그 자리에서 창을 크게 휘둘렀다.

휘두른 단창은 풍압으로 모든 방향에 회전베기를 날렸고, 덤벼들던 쥐들을 공중에서 쳐냈다.

쥐들의 작은 몸이 창날에 스쳐서 찢어지고, 자루에 부딪쳐서 날아갔다.

라이나가 범위 아츠를 써서 좌우에서 덤벼들던 생쥐들을 요격하자, 생쥐들의 공격 기세가 죽었다.

나와 알도 그 틈을 놓치지 않고, 왼쪽에 모인 생쥐들을 범위 아츠로 공격했다.

이번에는 도망칠 수 없도록 좌우에서 포위하듯이 공격하여 길을 막고 단숨에 섬멸했다.

동굴 왼쪽으로 도망쳤던 생쥐가 쓰러졌을 때 라이나에게 의식을 돌려보니, 라이나는 홀로 오른쪽의 쥐떼 속으로 뛰어들어 그 중심에서 창을 휘둘러서 차례로 생쥐를 날려버리고 있었다.

"아하하하, 독이나 마비 따윈 안 걸리면 되는 거야!"

"아, 왠지 저런 느낌으로 무장이 싸우는 게임을 본 적이 있어."

잡병을 상대로 무쌍하는 액션 게임 캐릭터 같은 느낌인 라이나는 잠시 뒤에 오른쪽의 쥐떼를 죄다 쓰러뜨렸다. 남은 건 수중의 쥐를 씹어먹은 보스 뮤턴트 배드랫뿐이었다.

동료 쥐가 쓰러져도 공격에 가담하지 않았던 변이쥐가 그때 움직였다.

"알, 나한테 맞춰! ——〈연사궁 2식〉!"

"예! ——〈파이어 샷〉!"

나와 알의 공격은 돌진하는 라이나의 머리 위를 넘어서 변이쥐의 눈을 노렸다.

변이쥐의 머리에 있는 세 쌍의 눈동자를 노린 나의 화살 두 대는 자유롭게 움직이는 꼬리에 하나가 튕겨 날아갔지만, 나머지 하나가 왼쪽 한가운데의 눈동자에 깊이 꽂혔다.

센스 [선제의 소양]과 [급소의 소양] 효과로, 그 일격으로 변이쥐의 HP 중 1할을 깎는 데에 성공했다.

"왼쪽은 받아간다!"

쉴 틈을 주지 않고 망가진 눈이 있는 왼쪽으로 돌아들어 간 라이나지만, 변이쥐는 그 덩치에 어울리지 않게 잽싼 움직임으로 라이나를 견제했다.

변이쥐는 라이나가 내민 단창을 꼬리로 쳐내고 라이나의 자세가 무너졌을 때 날카로운 발톱을 휘둘렀다.

"?! 시야가 반쯤 망가졌는데 어떻게 왼쪽에 반응하는 거야!"

"상대는 눈이 여섯 개나 있으니까 하나 망가졌다고 해도 시야를 빼앗을 수 없어. 그보다도 라이, 스테이터스 확인!"

"어, 뭐야! 이런, 이런, 상태이상 걸렸어!"

일단 변이쥐와의 거리를 벌린 라이나는 차분하게 [독]과 [저주]의 상태이상 회복 포션을 꺼내어 사용했다.

"보스에게는 하수도의 쥐들을 모은 듯한 특성이 있어. 귀찮은 건 [마비]야."

"하지만 해야 할 일은 똑같아!"

알은 일정 간격으로 화염탄을 계속 날려서 견실하게 대미지를 주고, 나도 쉴 틈 없이 화살을 날렸다.

"——〈콜링 실드〉!"

라이나는 단창과 가죽방패를 써서 방어에 전념하면서 호위가 주는 대미지로 적의 어그로가 쏠리지 않도록 조절하기 위한 [방패] 아츠를 발동시켰다.

그것으로 변이쥐는 라이나에게 떨어질 수 없어졌고, 두 팔의 발톱을 휘둘러서 공격하는 것을 라이나가 가죽방패로 막아서 직격을 피했다.

하지만 변이쥐의 HP가 5할 이하로 내려갔을 때 그 움직임에 변화가 있었다.

"물러났다? 돌진이라도 하려…… 꺄악?!"

"라이!"

크게 뒤로 뛰더니 몸을 낮추어 엎드린 자세를 취하는 변이쥐.

라이나는 돌격을 경계하여 방패를 앞으로 켜들고 충격에 대비했지만, 예상밖의 공격을 받았다.

변이쥐의 세 개의 기다린 꼬리가 쳐든 방패의 사각인 라이나의 발치로 다가와서 라이나의 발목에 휘감긴 것이다.

라이나는 그대로 꼬리에 낚여서 쓰러졌고, 그 몸을 채찍질하듯이 다른 두 꼬리가 움직였다.

"알! 공격을 멈추지 마! ──〈궁기 ─ 단발꿰기〉!"

나는 세게 시위를 당겨서 화살을 날렸지만, 그걸 감지한 변이쥐는 피하는 동시에 움직이지 못 하는 라이나에게 덤볐다.

"라이에게서 떨어져!"

알이 변이쥐에게 화염탄을 마구 퍼부었지만, 그게 변이쥐에게 맞는 것보다 라이나의 목덜미에 긴 앞니가 꽂히는 게 먼저였다.

라이나의 HP가 바닥나고, 그 뒤에 변이쥐의 등에 화염탄이 착탄하여 대미지를 주었다.

그리고 천천히 라이나에게 떨어져서 이쪽을 돌아보는 변이쥐.

여태까지 변이쥐의 공격이 후위에게 가지 않도록 하던 라이나가 쓰러졌으니, 다음 타깃은 자연히 후위 쪽을 향했다.

그때——

"하루에 몇 번씩 쓰러지는 건 열 받는다고. ——〈대차륜〉!"

변이쥐의 뒤에서 천천히 일어난 라이나는 등을 돌린 변이쥐의 꼬리 뿌리를 향해 창 아츠의 회전베기를 날렸다.

찢어져서 날아가는 세 개의 가느다란 꼬리에 분노의 표정을 띠며 라이나를 돌아보는 변이쥐.

라이나는 자신만만한 미소를 지었지만, 여유는 거기까지였다.

"헤헹. 이래선 아까처럼……. 아니, 아직 HP 회복하지 않았으니까 기다려!"

만에 하나, 쓰러졌을 때에 쓰라고 라이나에게 맡긴 [소생약]으로 부활한 모양인데, [소생약]으로 회복되는 HP는 전체의 4할 정도다.

꼬리가 잘려나가서 다시금 라이나에게 어그로가 모인 변이쥐는 라이나에게 발톱을 휘둘렀다.

"라이! 그대로 미끼!"

"아니, 무리, 무리! 왠지 적의 공격력이 올랐으니까1"

다급히 단창을 놓고 가죽방패로 방어에 전념하는 라이나.

쳐든 가죽방패 뒤로 포션을 마셔서 어떻게든 버티려고 했지만, 변이쥐의 맹공과 상태이상으로 라이나는 방어밖에 할 수 없었다.

"적의 남은 HP는 3할인가. HP가 줄어들수록 공격력이 상승하는 특성이 있나. 그야말로 궁지에 몰린 쥐가 고양이를 깨문다는 거로군."

"윤 씨, 감탄하지 말고 도와줘!"

숨 돌릴 틈도 없이 라이나는 수중의 포션을 소비하였다.

그렇게 연속으로 포션을 소비하는 플레이어의 모습을 조금 신기하게 생각하면서 나는 옆에 있는 알에게 눈짓을 보냈다.

"함부로 적에게 대미지를 줘서 공격력을 올릴 수는 없으니까 단숨에 쓰러뜨린다."

"알겠습니다. 최대 화력으로 가겠습니다."

나와 알은 서로 수중의 공격을 택하고 HP가 3할 남은 변이쥐를 향해 공격을 날렸다.

"——〈프레임 필러〉!"

알이 지팡이 끝으로 지면을 찌르는 동시에 불기둥이 솟고, 이쪽에게 등을 돌린 변이쥐에게 육박했다.

라이나에게 거듭 공격을 가하던 변이쥐는 어두운 동굴 안에서 한층 강한 빛을 발하는 불기둥을 돌아보았지만, 대응할 틈도 없어서 온몸이 불기둥의 불길에 휩싸였다.

"알, 위험하잖아!"

화염 폭풍을 가죽방패로 막으면서, 불길에 휩싸인 변이쥐에게서 거리를 벌리는 라이나.

그리고 나는 불기둥 속의 변이쥐의 그림자를 겨누고서 사용이 제한된 아츠를 썼다.

"——〈마궁기 — 환영의 화살〉."

희미하게 붉은빛이 마궁에 켜지고, 내가 시위를 당겨서 힘을 모을수록 그 광도가 커졌다. 그리고 그 빛이 최고조에 달했을 때에 나는 화살을 날렸다.

똑바로 비상하는 붉은 화살은 화염 속에서 괴로워하는 변이쥐의 몸에 꽂히고 대미지를 입혔다. 화살의 대미지는 그것으로 끝나지 않고, 장궁과 화살을 잇는 붉은 꼬리가 갈라지기 시작해서 다섯 개의 마법화살로 변하여 변이쥐를 덮쳤다.

구부러지며 덮치는 마법화살이 차례로 변이쥐에게 대미지를 주고, 네 대의 마법화살이 꽂혔을 때 변이쥐의 HP가 0이 되었다. 마지막 마법화살이 갈 곳을 잃고 변이쥐의 뒤쪽 동굴 벽에 부딪쳤다.

동굴 지면에 쓰러진 보스 뮤턴트 배드랫의 몸은 거기에 꽂힌 마법화살과 함께 빛의 입자가 되어 사라졌다.

"둘 다 괜찮아?"

"도중부터 [마비]나 [저주]에 걸렸으니까 몸이 안 움직이고, 방어 아츠도 못 쓰니까 틀렸나 싶었어."

"수고했어."

나는 쓴웃음을 지으면서 포션을 꺼내어 라이나에게 뿌렸다.

그러는 한편, 보스를 쓰러뜨린 장소로 다가간 알이 보물상자를 껴안고 다가왔다.

"윤 씨, 라이. 보스가 보물상자를 떨어뜨렸어!"

"임시보수네. 하지만 지금은 기뻐할 기력이 없어."

"뭐, 이제 적은 없겠고, 지상으로 나간 뒤에 확인할까."

내 말에 고개를 끄덕인 두 사람과 함께 널찍해진 동굴을 나가 하수도로 돌아갔다.

거기서부터 지상으로 향했는데, 열쇠를 찾아 몇 번이나 왕복했기 때문에 구조를 파악한 하수도를 최단거리로 통과하여 지상으로 나올 수 있었다.

"오오! 무사히 돌아왔군요! 아무래도 하수도 안에서 번식한 쥐들 중에서 신종이 탄생했던 거군요!"

퀘스트 보고를 위해 돌아온 우리에게 조금 과장스럽게 기뻐하는 퀘스트 NPC에게 보수를 받았다.

── 퀘스트 [생쥐 퇴치]를 클리어했습니다.

메시지를 받는 동시에 한 플레이어당 퀘스트칩 2개와 1만 G의 보수를 받았다.

"보수가 짜네. [소생약]을 몇 개나 썼는데 고작 이거라니, 적자도 이만저만이 아냐."

"라이, 적자를 낸 건 우리가 아니라 윤 씨야."

"신경 안 써도 돼. 내가 멋대로 한 거고."

"윤 씨, 멋져! 미소녀지만!"

농담과 장난으로 말하는 라이나 때문에 나는 미묘한 기분이 들었다.

"뭐, 보수는 적자였지만, 아직 보물상자를 확인하지 않았잖아?"

"그래. 어쩌면 그걸로 만회할 수 있을지도 모르고!"

라이나는 기대하면서 보물상자를 열고 안을 확인했다.

"아이템은 액세서리네. 초커에 반지, 그리고…… 우와, 악취미."

라이나가 꺼낸 것은 은색의 오망성 태그가 수놓인 가죽 초커와 마법 스테이터스 상승의 은반지, 그리고 쥐뼈 모양을 본뜬 액세서리였다.

늑골을 연상케 하는 팔찌와 생쥐의 두개골 모양의 반지, 그리고 그 반지와 팔찌를 연결하는 등뼈 형태의 체인이라서 전체적으로 기분 나쁘다고 할 수밖에 없다.

호러나 불쾌한 건 싫지만, 액세서리의 스테이터스에는 흥미가 당겼다.

궁서의 저주 방어구 [액세서리] (중량 : 3)

ATK +4   MIND +4

추가 효과 : 궁서 공격, HP 회복 불능

겉모습과 다름없는 저주의 장비. 그것도 유니크 장비였다.

"알? 이 액세서리 어쩔래?"

"우와, 디자인이 나빠. 으음, 효과는 나쁘지 않을 것 같지만, 악취미 장비를 장비하는 롤플레이를 할 생각 없어."

라이나와 알의 평가는 별로였지만, 나로서는 꼭 확보해두고 싶은 저주의 장비다.

추가효과 [궁서 공격]은 HP가 일정 비율 이하가 되면 공격력이 상승하는 효과. HP 회복 불능은 아이템이나 스킬, 자연 회복으로 인행 회복이 불가능해지는 효과. 뭐, 시간 경과에 따른 HP의 자연회복으로 HP 비율 조정이 뒤틀리지 않도록 하는 조치라고 생각하면 디메리트도 뭐도 아니다.

"윤 씨는…… 왜 눈을 빛내는 거야? 이거 탐나?"

"솔직히 말해서 엄청 탐나."

그렇게 말하자 의외라는 눈으로 나를 보는 두 사람.

"이것만으로 이번 [소생약]의 적자가 보전될 만한 가치가 있어. 게다가 유니크 장비고."

내가 가진 [대신하는 보옥의 반지]나 [페어리 링]처럼 내구도가 설정되지 않은 장비와 마찬가지기 때문에 그걸 고려해도 깨지지 않은 액세서리의 가치는 높다.

비슷한 효과의 액세서리를 [도깨비의 별장]의 아레나 경품에서 입수할 수 있지만, 그쪽은 디메리트가 없는 대신 이 [궁서의 저주 방어구]와 비교해서 공격력 상승의 효과가 약하다.

"그럼 윤 씨가 가져가. 그렇게 기분 나쁜 장비를 가지면 내가 저주에 걸리겠어."

"게다가 윤 씨가 이번 퀘스트에서 제일 적자를 봤으니까 받아가야 해요."

두 사람이 그렇게 말하기에 나는 [궁서의 저주 방어구]를 받았다.

이번에는 새로운 센스를 취득하거나 진기한 저주의 장비를 입수하거나 해서 소득이 많은 모험이었다.

그리고 나는 마지막으로 두 사람에게 말했다.

"이번에 파티를 짜서 어땠어? [활] 센스 소유자와 짤 때의 참고가 되었어?"

내 말에 두 사람은 나란히 고개를 끄덕이고──

"" ──윤 씨의 의외의 일면을 봐서 좋았어."""

"아니, 그런 게 아니라, 그보다 그건 잊어줘."

내가 쓸개 씹은 표정을 하자, 두 사람은 킥킥 웃었다.

평소에는 한쪽이 헛소리하고 한쪽이 딴죽을 걸었는데, 이럴 때만큼은 쌍둥이의 이심전심이 발휘되는구나 싶어서 나는 기가 찼다.

"농담이야. 뭐, 윤 씨가 평소의 서포트 수단을 봉인했으니까 조금 미덥잖은 느낌이었지만, 분위기만큼 파악한 것 같아."

"게다가 항상 윤 씨가 자연스럽게 우리와 어울려주었지만, 그렇게 되기 전까지 의논이나 시간이 필요하다는 걸 알았어요."

좋은 표정의 두 사람은 이번 퀘스트로 뭔가를 붙잡은 모양이었다.

"불안하지 않다면 거짓말이겠지만, 역시 벨 씨네 애랑 한번 만나볼래!"

"또 뭔가 의논할 게 생기거든 부탁하겠습니다."

그렇게 말하고 종종걸음으로 달려가는 두 사람을 나는 미소 지으면서 지켜보았다.

"저러면 걱정 없겠네."

두 사람이 떠난 뒤에 나는 혼자 그렇게 중얼거리고, 나도 [아트리엘]을 향해 발을 옮겼다.

6장 비룡산맥과 유니콘

라이나와 알의 파티 연대 연습을 마치고, 레티아와 에밀리에게 프렌드 통신으로 그 내용을 보고한 것이 바로 어제였다.

다시금 솔로 활동으로 돌아온 나는 여태까지 이러니저러니 하면서 뒤로 미루었던 아이템 납품 퀘스트를 한꺼번에 소화하기로 했다.

[아트리엘]에서 아이템을 가지고 나오는 것만으로 쉽사리 달성한 퀘스트의 내역은——

[포션 납품(30개)]——퀘스트칩 1개

[하이포션 납품(30개)]——퀘스트칩 1개, 2만 G

[MP포션 납품(30개)]——퀘스트칩 1개, 2만 G

[상태이상 회복포션 납품(각종 10개)]——퀘스트칩 1개

[구리광석 납품(30개)]——퀘스트칩 1개

[철광석 납품(30개)]——퀘스트칩 1개

[약초 납품(30개)]——퀘스트칩 1개

[약령초 납품(30개)]——퀘스트칩 1개

[마령초 납품(30개)]——퀘스트칩 1개

[화살 납품(1세트 30개)]——퀘스트칩 1개

아이템 납품만으로 퀘스트칩 10개가 손에 들어왔다.

아이템 납품 퀘스트는 아직 더 있지만, 약초, 포션 쪽의 납품 퀘스트만큼은 연쇄 퀘스트가 중간까지밖에 클리어되지 않은 황색 종이가 죄다 남아 있는 걸 신기하게 생각하면서 퀘스트를 한계까지 수주했다.

그 뒤에 뤼이와 자쿠로를 데리고 퀘스트 NPC에게 아이템을 넘긴 뒤에 다시금 퀘스트 보드 앞으로 돌아와서 또 퀘스트 수주를 반복했다.

그리고 마지막에 수주한 포션 납품 퀘스트까지 죄다 완료하자, 퀘스트 NPC가 말을 걸어왔다.

"붙잡아서 미안하군. 이 포션은 네가 만든 건가?"

"어, 그런데."

이 흐름은 다음 퀘스트로 이어지는 대화라고 예측했다.

"나는 이 마을의 잡화상인데, 사실은 우리한테 포션을 납품해주는 약사 할머니가 편찮으셔. 그러니까 그녀가 본래 납품해주는 포션을 메우기 위해 외부에서 사들이는 중이지만, 그것도 한계에 가깝군. 가능하면 네가 약사 할머니를 좀 보고 와줄 수 있을까?"

"알았어. 장소는?"

"동쪽 대로에서 북쪽으로 한 블록 들어간 길에 있는 작은 정원이 딸린 약가게지. 부탁한다."

퀘스트 NPC와의 대화가 끊기는 동시에 새롭게 [약사의 병 치료]라는 퀘스트가 발생했다.

간단히 클리어할 수 있는 퀘스트지만, 연쇄 퀘스트를 발생시키기 위해서는 아마 특정 센스가 필요——내 경우는 [조약사] 센스를 가지고 있기 때문이라고 추측했다.

이게 생산직 상대라면 마기 씨나 리리, 클로드를 위한 퀘스트가 발주되겠지. 아니, 이미 다른 생산 퀘스트는 다 달성되었음을 뜻하는 붉은 종이였으니까 끝낸 걸지도 모른다.

그런 생각을 하면서 지정된 약가게에 뤼이와 자쿠로와 함께 향하자, 거기에는 약가게라기보다는 마녀의 집이라고 하는 편이 좋을 듯한 건물이 서있었다.

덩굴로 뒤덮인 외벽과 다소 으스스한 구조의 가게. 간신히 덩굴로 덮이지 않은 가게 간판에는 김이 피어오르는 조리용 솥 그림이 그려져 있지만, 세월이 지나면서 변색되는 바람에 약사의 마크라기보다는 지옥의 가마로밖에 보이지 않았다.

"여, 여기 맞지?"

으스스한 약가게를 앞두고 주저하였지만, 내 뺨을 가볍게 두드려 기합을 넣고 가게 문을 열었다. 조용한데……

"실례합니다. 여기 약가게 맞죠? 여기 할머님을 좀 보고 와달라는 부탁을 받고 왔습니다."

"뭐지? 일이야? 지금은 무리야."

돌아온 목소리 쪽을 보니, 한 할머니가 의자에 앉아서 이쪽을 보고 있었다.

삐딱한 느낌의 할머니는 억지로 일어서려고 했기에 나는

다급히 다가가서 의자에 도로 앉으시도록 유도했다.

"뭐야? 제법 눈치가 있구먼. 어차피 잡화상이 보낸 녀석이겠지? 아쉽게 됐군. 이런 몸으론 약을 못 만들어!"

"할머님, 분명히 잡화상의 부탁으로 보러 오긴 했지만, 무슨 병인가요?"

수주한 퀘스트의 이름을 보면 이 할머니는 무슨 병을 앓는 모양이다.

그러니까 나는 그렇게 물었다.

"내 병은 팔다리가 떨리는 병이지. 그러니까 다리가 떨려서 걷기도 힘들어서 외출도 함부로 못 해."

그렇게 말하게 잘게 떨리는 손을 이쪽에게 보여주었다.

"그런 거라면 [마비 해제 포션]으로 안 낫나?"

"[마비 해제 포션]은 떨림의 증상을 완화해줄 뿐이지. 근본적인 부분에는 안 통해."

내가 주름살투성이 손을 붙잡자, 떨림이 멎지 않는 건지 부르르 떨었다.

"손이 떨려서 배합할 약의 분량을 틀렸다간 그대로 독이 되지. 그러니까 나는 약을 안 만드는 게야. 잡화상한테 가서 말해라. 나를 살인자로 만들고 싶지 않거든 약을 재촉하지 말라고."

"일단 나도 [조합]을 할 수 있는데, 할머님 병을 치료하는 걸 거들 수 있지 않을까요?"

노파의 병을 치료하면 모든 게 해결된다. 그런 내 말에 할머니는 떨리는 손으로 이쪽의 손바닥을 맞잡았다.

버석거리지만 의외로 부드러운 감촉인 할머니의 손이 내 손바닥을 확인하였다.

"흥. 그 잡화상 녀석은 제법 사람을 골라서 보낸 모양이군."

"그 말은……."

"네가 내 병을 치료할 약의 재료를 모아서 만들어줘야겠단 말이다."

그렇게 말하고 약사 노파가 퀘스트 내용을 전해주었다.

"내가 지정하는 소재를 세 종류, 해질 때까지 캐 와라. [물새풀]과 [늪연꽃 뿌리]와 [홍점균]이야. 그리고 소재는 신선도가 중요하니까. [포털] 같은 걸 썼다간 단번에 못 쓰게 된다!"

"해, 해질 때까지?! 게다가 포털 사용 금지?! 시간이 없잖아!"

"떠들고 있을 시간이 있거든 얼른 가!"

수주한 퀘스트가 열림과 동시에 약가게에서 쫓겨났다.

추가된 퀘스트 정보로는 퀘스트 아이템인 세 종류의 소재의 간단한 정보를 볼 수 있었다.

이 소재들을 입수할 수 있는 장소를 걸어서 돌 수 있다는 걸 알자, 다소 시간에 여유가 생긴 듯했다.

"어쩔 수 없지. 할머니가 기운을 되찾게 하려면 얼른 끝낼까. 〈인챈트〉──스피드!"

나는 노란빛을 띠면서 마을 밖을 향해 달렸다.

달리면서 퀘스트 아이템의 회수를 가늠해보았다.

[물새풀]은 제2마을 부근의 숲 안쪽, 나와 리리가 도망쳐온 장소보다 더 안쪽에 위치한 모양인 호수 물가에서 난다.

솔직히 거기까지 간 적은 없기 때문에, 방어구의 추가효과인 [인식저해]를 최대한 살려서 적을 무시할 생각이다.

다음에 [늪연꽃 뿌리]는 마을 남쪽의 습지대 중 서쪽 구역에 군생하는 모양이다. 몇 차례 소재 채취로 근처에 가본 장소이기 때문에 이걸 찾는 건 간단하겠지.

마지막으로 [홍점균]은 고산지대에 생식하는 철분을 주식으로 하는 점균인 모양인데, [소생약]의 소재인 도등화 나무가 있는 폐촌에서 이어지는 나무가 적은 산——[비룡산맥]에서 입수할 수 있다.

입수 에어리어가 제각각이기 때문에 효율 좋게 모을 필요가 있다.

일단 시작으로 익숙한 남쪽 습지대에서 [늪연꽃 뿌리] 군생지로 향했다.

평소라면 놓치는 게 아까워서 회수할 채취 포인트를 무시하고, [늪연꽃 뿌리]의 군생지에 모인 [무어 프로그]들을 원거리에서 화살로 쏴서 일방적으로 쓰러뜨렸다.

그리고 발목까지 잠기는 늪지에서 진흙투성이가 되는 것도 개의치 않고 단숨에 [늪연꽃 뿌리]를 늪 속에서 뽑아냈다.

"이게 [늪연꽃 뿌리]⋯⋯. 연꽃 뿌리라니까 연근 같네. 혹시 먹을 수 있을까?"

뤼이와 자쿠로는 늪에 들어가기를 싫어해서 다가오지 않았기에 나 혼자서 [늪연꽃 뿌리]를 모았다.

"자, 이 정도면⋯⋯. 이런, 다리가 안 빠져."

이런 곳에서 시간을 낭비하다니! 내심 초조해져서 어떻게든 빠져나오려고 늪 속에서 다리를 잡아 빼고 한 걸음씩 가장자리로 향했다.

늪지에서 빠져나온 뒤에는 시간 경과에 따라 더러움이 사라질 때까지 뤼이와 자쿠로가 다가와주지 않았다.

그래도 발을 멈출 수는 없어서, 진흙에 젖은 채로 제2마을로 향했다.

진흙에 잠겼던 신발의 찌걱대는 감촉에 불쾌감을 느끼면서 계속 달리자, 제2마을에 도착할 무렵에는 더러움도 물기도 사라져서 나는 제2마을 근교의 숲으로 들어갔다.

플래프 클라우드 같은 몹들은 죄다 무시하고 전진해서 도착한 호수는 그럭저럭 넓고, 플레이어들이 모인 게 보였다.

"여기서 다른 퀘스트가 있나⋯⋯. 지금은 그쪽 퀘스트를 자세히 조사할 여유는 없어."

보트 몇 개에 나누어 탄 플레이어들이 호수 위에서 뭔가와 싸우는 모습이 보였지만, 나는 [물새풀]을 찾아야만 한다.

[하늘의 눈]의 원시능력으로 호수를 둘러보자, 반대쪽 물가에 [물새풀]이 타깃 표시되었다.

목적하던 [물새풀]을 발견하긴 했는데, 얌전히 호반을 주욱 돌아서 캐러 가는 건 귀찮다.

"어쩔 수 없지. 근처에 있는 걸 찾을까."

센스를 조정한 뒤 뤼이와 자쿠로에게 대기를 명하고 호수에 뛰어들었다.

'꽤 깊네. 이 근처에도 있으면 좋겠는데.'

내가 뛰어든 장소는 얕은 곳이 아니라 단숨에 꽤나 깊어졌다.

그리고 호수 바닥을 둘러보자 [물새풀]인 듯한 푸르스름한 물풀을 찾을 수 있었다.

'오, 잠수하면 반대편까지 걸어가지 않아도 되잖아.'

나는 거의 거꾸로 뒤집한 상태로 호수 바닥을 향해 단숨에 잠수해서 살아 있는 푸르스름한 물풀을 뽑았다.

하나로는 부족하기에 주변에 듬성듬성 자란 [물새풀]을 몇 개나 회수하자, 퀘스트 아이템으로 반응했던 [물새풀]의 타깃 반응이 사라지고 오브젝트 취급으로 변했다. 이걸로 두 번째 소재 수집은 끝났다는 소리겠지.

'호수의 반대쪽까지 가는 것보다 빨리 끝났어. 이거라면 시간에 다소 여유가 나올지도.'

퀘스트의 태반이 이동이지만, 이렇게 짧은 시간 단축을 기쁘게 생각하면서 나는 호수 바닥에서 호수면을 올려다보았다.

올려다본 곳에서 배의 밑바닥이 보이고, 물속에서는 나이외에도 잠수한 플레이어가 거대물고기 몹과 격투를 벌이고 있었다.

순간 물속에서 전투 중인 플레이어와 내 눈이 마주쳐서 서로 가볍게 인사를 나누었다.

그리고 나는 단숨에 부상하여 수면에서 얼굴을 내밀었다.

수면에 가까워짐에 따라 서서히 낮게 들려오던 외부 소리가 수면에서 얼굴을 내미는 동시에 단숨에 넘쳐나듯이 들렸다.

그리고 그 소리 중 태반은 물 위의 보트 몇 척에 탄 플레이어들이 내지르는 소리였다.

"어이! 선장이 안 돌아와!"

"포기하지 마! 우리 선장이야! 혼자서 저 거대물고기에게 도전했다고!"

"하, 하지만, 선장 말고 열세 명 전원이 배까지 도망쳐왔 잖아. 이제 무리야. 이 퀘스트는 실패야."

수면에 떠 있는 보트들 위에는 체념 분위기가 떠도는 가운데——

"잡았다아아아아!"

작살을 쳐들고 거대물고기의 드랍템인 듯한 생선 꼬리지느러미를 든 플레이어가 고함을 질렀다.

내가 물속에서 인사했던 플레이어가 선장으로, 복수 파티가 상대해야 하는 보스를 멋지게 해치우고 보트 위로 생환한 모양이었다.

선장의 생환과 보스 토벌 완료에 보트 위에 있던 플레이어들은 들끓었고, 선장과 마찬가지로 잡았다!! 라고 목소리를 모아서 맞아주었다.

나도 물에서 나와서 옷의 물기를 짜내며 그 광경을 바라보았더니, 보스를 쓰러뜨린 플레이어와 다시금 눈이 마주쳤다. 그는 이번에는 나를 향해 두 손으로 꼬리지느러미를 쳐들고——

"잡았다아아아아!"

"자, 잡았다!"

그에게 들릴지 아닐지는 모르지만, 나도 그와 마찬가지로 주먹을 쳐들고 다소 의문형으로 돌려주었다.

조금 창피한 기분이 들었기에 내 목소리는 작았지만, 그래도 그는 만족스럽게 고개를 끄덕이고 무리들 사이로 돌아갔다.

"저 사람은 역시…… 시치후쿠구나."

나는 그 플레이어의 이름을 중얼거렸다.

바닷바람으로 상한 듯한 흐린 은발을 짧게 치고 고글을 쓴 모습에 작살을 짊어진 남성 플레이어는 길드 [OSO 어업조합]의 길드 마스터 시치후쿠.

그의 길드 안에서는 길마가 아니라 선장으로 통한다는, 수중 전투의 스페셜 리스트이며 타쿠의 지인이다.

원래 평일에도 낚시를 다니고 싶은 사람들의 모임에서 시작된 취미 길드가 차츰 수중 전투 특화 길드로 성장한 경위가 있다.

하지만 [OSO 어업조합]은 규모로는 중견 길드로, 이번 같은 레이드 퀘스트를 받을 만한 숫자가 안 된다고 기억하였다.

잘 관찰하니, 여러 척의 보트 위의 몇몇 파티의 플레이어는 길드 [OSO 어업조합]답지 않은 장비나 모습을 하고 있었다.

"다른 길드의 플레이어와 함께 있다는 소리는 중소 길드 합동으로 레이드 퀘스트를 받았겠군."

레티아도 참가한 중소 길드의 합동 퀘스트 이야기를 떠올리며 혼자 중얼거렸다.

나는 호수에서의 용건을 마치고 마지막 퀘스트 아이템 [홍점균]을 찾아 숲을 빠져나가 제2마을에서 이어지는 가도를 나아갔다.

그리고 가도 도중에 옆으로 샌 길로 발을 옮겨서 동굴 앞에서 멈춰섰다.

"으읏, 포털 금지라면 역시 여기를 지나야만 하겠지."

바람이 불어갈 때마다 사람의 신음소리 같은 소리가 들리는 동굴은——[호리어 동굴].

통칭 호러 케이프라고 불리는, 스켈톤이나 스펙터 같은 몹이 출현하는 장소다.

하지만 여기를 지나가지 않으면 [홍점균]이 있는 비룡산맥에 도달할 수 없다.

"……대책은 중요해. 두 번 실패는 없어."

스펙터의 [혼란] 상태이상 공격 대책으로 [혼란 해제 포션]을 두 손에 하나씩 움켜쥐고 [정신내성] 센스도 장비하고, 옆을 가는 뤼이에게는 내 낌새가 이상하거든 바로 [정화]를 걸어달라고 부탁했다.

"좋아, 갈까."

목소리만큼은 위세 좋지만, 다리가 후들거리는 모습으로 천천히 동굴 안으로 들어갔다.

그리고 잠시 걷노라니 뒤에서 덜걱덜걱 하고 뼈가 울리는 듯한 소리가 들려서 천천히 돌아보니——지면에서 솟아난 스켈톤과 벽을 통과해서 나타난 스펙터를 발견했다.

"히이이익, 역시 무리이이이!"

다리가 후들거렸다고는 생각할 수 없는 속도로 일직선으로 동굴 안을 달리기 시작했다.

도중에 좌우 벽에서 니온 스켈톤의 팔에 비명을 지르면서, 옆을 달리는 루이와 뤼이의 입에 물려 있는 자쿠로와 함께 간신히 무사히 [호리어 동굴]을 빠져나왔다.

●

"허억, 허억, 역시 저기를 지나오는 건 힘들어."

나는 전력질주로 동굴을 빠져나와서, 폐촌이 된 마을 중앙에 위치한 물이 마른 분수에 기대어 숨을 골랐다.

몇 차례 심호흡을 거듭하고 다음 목적지를 올려다보았다.

"저기가 [홍점균]이 있는 비룡산맥인가."

다소 높은 언덕 위에 선 도둥화 나무로 향하는 길과는 다른 산길을 올려다보았다.

이 부근에 출현하는 적은 대형 와이번 등의 강한 몬스터지만, 상당히 산을 오르지 않으면 만나지 않는다. 게다가 산 내부에는 천연동굴이 몇 개 나있다는 모양이다.

"뭐, 퀘스트의 개요를 보면 하층의 동굴 입구 같은 곳에서도 [홍점균]을 입수할 수 있다고 했으니까."

나는 일단 장비한 센스를 정돈하고서 [비룡산맥]으로 향했다.

도중의 광석 채굴 포인트나 약초 채취 포인트 쪽으로 자꾸만 눈이 가면서도 [홍점균]을 찾아가는데…….

"안 보이네. 조금 더 올라가야 하나?"

몬스터인 대형 와이번은 하층에 모습을 보이지 않기 때문에 전투 없이 찾을 수 있지만, 목적하는 퀘스트 아이템은 좀처럼 보이지 않았다.

"하층에는 없네. 그렇다면 안전하게 얻을 수 있는 건 산맥 내부의 동굴 입구인가."

내부는 어떻게 되어 있는지 모르지만, 아무튼 찾아봐야만 한다.

나는 하층에 존재하는 동굴 중 하나의 입구 앞에 서서 한 걸음 발을 디디려고 했다.

"……시선? 아니, 사람은 없는 모양이니까 기분 탓인가?"

순간 [간파] 센스에 반응이 있었던 것 같은데, 주위를 둘러보아도 그럴듯한 플레이어는 없어서 고개만 갸웃거릴 뿐이었다.

나는 곧 그 사실을 잊고 동굴 안으로 들어갔다.

여기 [비룡산맥]의 천연동굴에는 판타지 특유의 발광하는 광석으로 천연 광원이 있기 때문에 다소 어두운 정도로 느껴지는 가운데 [간파] 센스를 사용하여 [홍점균]을 주의 깊게 찾았지만, 발견한 것은 광석의 채굴 포인트뿐이었다.

한동안 동굴을 걸어 다니다가 깨달았다.

"……역시 기분 탓이 아냐."

나는 퀘스트 아이템을 찾는 척하면서 뤼이와 자쿠로에게 눈짓하여 동굴 안쪽으로 서둘러 들어갔다.

"도망쳐! 뤼이!"

그와 맞춰서 쫓아오는 플레이어들의 기척에게서 도망치려고 더 안으로 들어갔지만, 그 외에도 복수의 플레이어가 통로의 갈래길 끝에서 잠복하며 기다리다가 다짜고짜 막대 수리검 같은 투척무기를 던져왔다.

다행스럽게도 그 공격을 맞은 건 나뿐이고, 대미지도 그렇게 세지 않았다.

도중에 만난 몬스터가 빗나간 투척무기에 맞아서 그걸 던진 플레이어들을 타깃으로 삼아 공격했다가 오히려 당했다.

나를 뒤쫓는 놈들이 나를 지켜준다는, 웃기지도 않는 구도였다.

그리고 그렇게 쫓긴 곳은——

"——여긴 뭐지?"

그렇게 쫓겨서 나간 장소는 널찍한 공간이었다. 벽에는 구멍이 몇 개 나서 각각 길이 이어지는 모양이고, 그것들을 잇는 완만한 발판이 나선 모양으로 위로 이어졌다.

"여기가 네 종착점이다."

광장 중심에 선 청년 플레이어가 그렇게 말하기에 그쪽으로 시선을 돌렸다.

사람을 함정에 빠뜨리는 짓과는 거리가 멀 듯한 미소를 지은 청년인데, 어딘가 거짓말 같은 느낌이 들었다.

어느 틈에 나를 쫓아온 플레이어들 외에도 광장에 무수하게 난 구멍에서 플레이어들이 우르르 모이기 시작했다.

"이런 장소로 나를 몰아넣고 뭘 하려는 거야!"

나는 목청 높여서 감정적으로 행동했지만, 속으로는 냉정하게 탈출 계산을 하였다.

대충 서른 명 가까운 플레이어들에게 포위된 가운데, 틈을 발견하면 어딘가 있을 구멍으로 달려간다. 그런 틈을 만들기 위한 대화를 하였다.

"뭘 하려는 거냐면 너를 PK한다. 그저 그것뿐이야."

"왜 이런 장소야? 게다가 뭘 위해 날 PK하는데? 메리트가 별로 없잖아."

OSO에서의 PK로 얻는 메리트는 PK당한 플레이어의 소지금 중 절반이 PK한 쪽으로 이동하는 것이다.

"그래. 그 질문에 대답하자면, 우리는 돈이 필요해. 그러니까 강한 플레이어가 모이는 여기서 PK를 하지."

"강한 플레이어가 모이는 여기?"

나는 의문을 돌려주면서 눈앞의 청년을 바라보고 주위 플레이어들이 무기를 드는 소리를 듣고 슬슬 이야기가 끝나간다고 느꼈다.

"여기는 [비룡토벌] 레이드 퀘스트의 보스와의 결전장이야. 복수의 파티는 이 동굴 내부에서 퀘스트를 진행하기 위한 키 아이템을 찾고, 여기서 그 아이템을 써서 보스를 불러내지."

청년 플레이어, 아니, 청년 PK는 한차례 말을 끊고, 이번에는 자기 무기인 장검을 뽑아서 이쪽으로 들이대었다.

"그런 탐색 과정에서 분단된 레이드 파티의 플레이어를 개별로 여기로 유인하고 이 숫자로 PK한다. 레이드 퀘스트를 받는 플레이어쯤 되면 역시 제법 강하지만, 그만큼 소지금도 많이 가지고 다니니까 돈은 제법 모이지!"

스스로에게 취한 걸까, 점점 텐션이 올라가는 청년 PK.

"설마 혼자서 우리가 기다리는 장소에 들어오는 바보 플레이어가 있을 줄은 몰랐어. 어때? 소지금을 죄다 두고 간다면 봐주지."

청년이 추한 미소를 지으면서 내게 제안을 해왔다.

그렇게 빤한 거짓 제안에 대한 대답은——

"내 대답은 정해져 있어. ——싫어!"

"그래. 그럼——"그럼 뭐지?"——뭐?"

청년의 말을 지워버리고 의외의 목소리가 들린 순간, 눈앞의 청년과 그 좌우에 서 있던 플레이어들이 뒤에서 칼을 맞고 앞으로 쓰러졌다.

그리고 공간이 일그러지는 동시에 한 플레이어가 모습을 보였다.

"PK는 즐거웠냐? 즐겁겠지! 나는 PK가 아주 좋아! 강한 플레이어와 싸우는 건 흥분되거든!"

"너는, 큭……."

"프, 플레인?!"

청년 PK의 뒤에서 공격한 것은 길드 [옥염대]의 길마이자, 최악의 PK로 일컬어지는 플레인이었다. 그는 쓰러진 청년 플레이어의 등에 세검을 후비듯이 꽂고 등을 발로 짓밟았다.

쓰러진 청년 PK의 동료들은 플레인이 청년 PK에게 너무 가깝기 때문에 함부로 나설 수 없었다.

"나도 PK를 좋아해. 강적과 싸우고 마음 내키는 대로 행동한다! 강한 녀석들과 거슬리는 놈들을 처치하고 싶은 거야. 하지만 말이지. 너무 절조 없이 막 나가면 일이 귀찮아지지. 그러니까 나는, 우리는 룰을 정했어. ——우리 식의 PK룰을."

꽂았던 세검을 뽑는 동시에 밟고 있던 다리를 치우더니 청년 PK의 배를 걷어차서 그 몸을 띄웠다.

"하나, 정당한 플레이어에게는 정면에서 동의를 구한 뒤에 PK를 한다. 둘, PK할 각오가 있다면 당할 각오도 있어야 한다. 민폐나 끼치는 플레이어는 맛있게 먹어주지."

차올린 청년 PK를 PVP 한정으로 발휘되는 강력한 힘으로 걷어차서 동굴 벽에 처박았다. 차인 충격과 벽에 부딪친 지형 대미지를 받아서 청년 PK는 무너지듯이 쓰러졌다.

그리고 플레인이 동굴 벽의 곳곳에 뚫린 구멍을 향해 신호를 보내는 동시에 이 자리에 잠복했던 PK들의 뒤에서 [옥염대]의 PK들이 나타나서 순식간에 이 자리가 PK들 사이의 전장으로 변했다.

갑자기 시작된 PK들의 전투에 완전히 무시당하게 된 나는 몇 초 동안 멍하니 있었지만, 뤼이가 옷자락을 잡아당기는 바람에 정신을 차렸다.

이건 도망칠 찬스라고 판단하고 일직선으로 근처 구멍을 향해 달렸다.

"어이, 기다려!"

"어이, 우리 앞에서 한눈을 팔다니 배짱 좋구나. ──〈살인〉!"

"끄억?!"

내 도주를 방해하려고 눈앞에 튀어나온 청년 쪽 PK가 뒤에서 한 남자 플레이어에게 베였다.

"플레인만이 아니라 토비아도!"

"여어, 오래간만. 잘 지냈냐!"

길드 [옥염대]의 부길마인 토비아도 모습을 드러냈다.

이전에 밤중의 숲속에서 날 PK하려고 했던 토비아에게 도움을 받을 줄은 생각도 못했다.

과거의 씁쓸한 만남을 떠올리니 순순히 고맙다고 말할 수도 없어서 그 자리에 발을 멈추자, 동굴 광장에 노란빛이 생겨났다.

빛의 발생원은 플레인에게 차여서 날아간 PK의 리더 청년의 손이었다.

무슨 아이템을 사용한 모양인지, 그 노란빛이 넓은 동굴의 천장으로 상승하고——

"아하하하! 멍청아! PK당할 것 같냐! 아무리 PVP에 특화된 PK집단 [옥염대]라도 레이드보스는 상대 못 하겠지!"

"저 녀석, 자멸할 각오로 퀘스트 보스를 소환했나! 온다, 플레인!"

토비아가 노란빛이 뻗은 천장을 경계하면서 플레인에게 외쳤다.

플레인은 근처의 PK를 하나 베어넘기고 즐거운 듯이 입가를 일그러뜨리며 천장을 올려보았다.

"좋아! PK만이 아니라 퀘스트 보스까지 상대인가! 괜찮은 사냥감이 둘이나 굴러들어오다니! 자식들아! 우리를 내려다보는 거슬리는 도마뱀 자식에게 먹잇감을 빼앗기지 않게 잘들 먹어치워! 그리고 저 도마뱀 녀석도 끌어내린다!"

퀘스트 보스라는 말을 들으니 여기 퀘스트는 복수 파티

추천의 레이드 보스라는 것이 떠올라서, 내 표정이 굳었다.

그리고 올려다본 곳에는 박쥐 같은 갈퀴와 파충류의 몸을 가진 생물이 그 발톱으로 벽에 달라붙어서 이쪽을 내려다보고 있었다.

"──와이번. 그것도 퀘스트 보스인 아종."

[하늘의 눈] 센스로 멀리서 본 [비룡산맥]에 출현하는 보통 와이번과는 전혀 다르게, 레이드급의 퀘스트 보스인 와이번.

크기는 통상 와이번보다 한층 크고, 발톱이나 이빨은 보다 날카롭고, 몸의 색깔도 회갈색이었다. 또한 눈동자에 핏발이 서고 입가에서 강한 산 같은 타액을 흘리는 모습에서 사나운 기색도 보였다.

"큭, 느긋하게 구경할 때가 아냐. 얼른 도망── 우와아악!"

나는 다급히 근처 구멍으로 도망쳤지만, 그런 나를 쫓듯이 뒤에서 와이번 아종의 화염 브레스가 날아왔다.

"위험해, 위험해! 뤼이, 자쿠로! 거기 샛길로!"

도망친 동굴을 태워버릴 듯이 쫓아오는 화염 브레스에게서 도망쳐서 눈앞의 샛길로 뤼이와 자쿠로와 함께 뛰어드는 동시에 뤼이가 간이 방어벽으로 물방패를 만들어냈다.

순간적으로 만든 물방패가 간신히 화염 브레스를 막았지만, 그만한 화력 앞에서 물방패가 오래 버틸 수가 없다.

"──[클레이 실드]!"

나는 인벤토리에서 꺼낸 대량의 매직젬을 일제히 기동하

여 대량의 흙벽으로 입구 방향을 일시적으로 봉쇄했다.

살짝 난 틈새로 브레스의 불길이 솟구쳐서 흙벽이 삐걱대는 걸 보며 식은땀을 닦았다.

나는 이대로 여기에 있으면 위험하다는 생각에 흙벽에게서 최대한 거리를 벌리려고 샛길 안쪽으로 들어갔다.

십여 초 뒤에 흙벽 틈새로 솟구치던 불길이 사라지고, 흙벽 너머에서 울리던 굉음이 멎으며 정적이 찾아왔다.

"……끝났나."

단숨에 기운이 빠져서 동굴 벽에 등을 맡기고 주저앉았다.

뛰어든 샛길은 다행스럽게도 계속 이어졌기 때문에 브레스의 불길이 날뛸 가능성이 있는 길로 돌아가지 않아도 되지만, 그래도 내 위치도 출구도 모르는 채로 그저 무턱대고 걷는 불안은 있었다.

"하아, 갈 수밖에 없나. 아니, 뤼이랑 자쿠로, 왜 그래?"

내 옆에 바싹 붙어 있던 뤼이와 자쿠로가 얼른 샛길 안쪽으로 들어갔다.

내가 무거운 엉덩이를 들고 일어서서 따라가자, 뤼이가 머리로 커다란 돌을 치우려고 하고 자쿠로가 바위 틈새를 앞다리로 파며 거들었다.

"여기에 뭐 있어? 나한테 맡겨. 〈인챈트〉──어택."

뤼이와 자쿠로를 물리고 커다란 돌 앞에 섰다. 그리고 공격 상승 인챈트를 걸고 묵직해 보이는 돌을 들어 올렸다.

"여엉차── 어, 가볍네?!"

상상했던 것보다 가벼운 돌을 기세 좋게 들어올린 결과, 스스로도 깜짝 놀라 엉덩방아를 찧고 발밑에 그 돌을 떨어뜨려서 깨뜨렸다.

"아야야, 위험했다, 돌을 깨뜨렸네……. 히익?! 기분 나빠!"

내가 발치에 깨진 돌로 시선을 주고 주워보려고 했을 때, 깨진 돌 안에서 스며 나온 붉고 끈적한 것에 손이 닿아서 황급히 손을 거두었다.

그리고 [간파] 센스가 반응한 정보에서 그것이 바로 내가 찾던 [홍점균]이란 것을 이해했다.

만지고 싶진 않지만, 입수하기 위해선 만져야만 한다. 도망치듯이 깨진 돌에서 흘러나온 붉은 물체라 지면의 틈새로 들어가기 전에 검지로 붙잡았다.

"아, 들어왔다."

인벤토리에 넣을 수 있는 퀘스트 아이템 일람에서 [홍점균]을 확인하니 병에 채워진 붉은 액체 아이콘이 있고, 실제로 꺼내보니 왜인지 병에 담긴 항태의 [홍점균]을 손에 넣었다.

이 병은 어디서 출현할 걸까, 어떤 식으로 병에 들어간 걸까, 그런 생각은 해봤자 소용없으니까 그냥 판타지라고 생각하며 나는 잠시 시선을 흐렸다.

"나 참, 왜 이런 타이밍으로 발견하는 거지."

가능하면 청년 PK들과 조우하기 전에 [홍점균]을 찾을 수 있었으면 귀찮은 일에 휘말려들지 않았을 텐데. 그런 생각에 한숨을 내뱉었다.

"하지만 수주한 퀘스트를 포기할 순 없지. 그 할머니가 기다리고 있어. 질 순 없어."

한차례 스스로의 뺨을 세게 때리고 앞으로 이어지는 동굴을 바라보았다.

얼른 여길 지나서 출구를 찾아야 한다.

때때로 멀리서 울리는 싸움의 소리를 뤼이와 자쿠로가 나보다 먼저 탐지하여 그걸 우회하는 길을 찾으며 이동했다.

그 이외에는 동굴 왼쪽의 벽을 따라서 이동했다. 감으로 가는 것보다는 확실하게 출구를 찾았다.

도중에 동굴 안에 출현하는 몬스터와 만나기도 했지만, 기습으로 유리하게 쓰러뜨리거나 숨어서 넘기면서 조금씩 전진했다.

시간은 시시각각 지나가고, 우리는 그저 출구를 찾아 나아갔다.

그리고——

●

내부에서 분기를 거듭하는 동굴을 돌아다니다가 원래 동굴 입구로 돌아왔다.

조금 높은 장소에서 내려다보는 경치와 서쪽으로 저물기 시작한 태양빛은 여태까지 폐쇄적인 동굴 안을 오랫동안 걸어 다녔기 때문에 그 개방감에 그저 멍해졌다.

"……겨우 밖에 나왔구나."

작게 중얼거리고 한숨을 내뱉자, 여태까지 옆에서 계속 함께 걸었던 뤼이가 고개를 내 손 밑에 넣었기에 무심코 쓰다듬었다. 그리고 뤼이의 등에 올라타고 있던 자쿠로는 내 어깨까지 올라와서 앉더니 계속 내 뺨을 핥았다.

"뭐, 뭐야, 자쿠로. 그만둬, 그만하라고."

내 뺨을 계속 핥는 자쿠로를 막기 위해 두 손으로 안아 들고는, '기운 났어?'라고 말하는 듯한 자쿠로를 어깨에 내려 품에 안으며 귀엽다고 생각했다.

그 순간── 시야가 단숨에 추욱 내려갔다.

"어라? 내가 왜 앉아 있지? 왠지 힘이 빠졌는데."

왼손을 얼굴에 대고 다시금 크게 한숨을 내뱉었지만, 아무래도 힘이 들어가지 않았다.

PK 집단에게 쫓기고, 거기에 길드 [옥염대]의 PK들 사이의 난전을 목격한 끝에 소환된 레이드 보스의 일격에서 가까스로 도망치고 오랜 시간 동안 [비룡산맥] 내부의 동굴을 방황하였다.

동굴에서 탈출해서 안심한 걸까, 여태까지 팽팽하던 긴장의 실이 끊어진 모양이었다.

퀘스트 아이템 [홍점균]을 약사 할머니에게 전달하기 위해서 걸어가야만 하는데 다리가 풀려서 걸을 수가 없다.

"──동굴에서 잘 탈출한 모양이군."

그때 뒤에서 목소리가 들려서 반사적으로 돌아보았다. 거기에는 동굴 위로 튀어나온 바위밭에 플레인이 앉아서 이쪽을 굽어보고 있었다.

"……플레인."

"혼자 도망쳐서 오랫동안 안 나오길래 죽어서 마을에 갔을지도 모른다고 생각했는데, 의외로 질기군. 여차."

가벼운 소리와 함께 동굴 위에서 뛰어내려 내 옆으로 착지하는 슬레인.

"설마 녀석이 거기서 레이드 보스를 불러낼 줄은 몰랐어. 그렇긴 해도 결과적으로 그쪽 PK들은 레이드 보스에게 당하기 전에 죄다 사냥했고, 그 레이드 보스도 마지막에는 내가 맛있게 사냥했지만. 나름 만족했어."

"플레인. 왜 그 자리에 있었어? 분명 우연 아니지?"

노려보는 나와 나를 감싸듯이 앞으로 서는 뤼이를 보고 플레인은 킬킬대며 웃었다.

"그 녀석들이 PK한 이유── 자기 입으로 말했지? 돈을 두고 가라고 말이야."

"……무슨 소리야?"

의아한 표정을 짓는 나를 향해 플레인은 즐거운 듯이 이야기해주었다.

"제1마을에는 지금 도박 카지노라는 게 있어. 거기서 이기면 퀘스트칩을 대량으로 벌 수 있지. 그 카지노 자금을 모으기 위해 PK하는 거야."

"나는…… 그런 거에 걸린 건가."

플레인은 멋진 미소와 함께 말해주었지만, 사실을 들은 나는 놀라서 두 손을 지면에 짚었다.

"놈들은 일반 플레이어를 마구잡이로 덮치는 PK였으니까. 우리가 원만한 PK짓을 계속하기 위해서 철저하게 사냥했지."

현상금 시스템에 가입하지 않은 PK를 목격한 플레인의 광견으로서의 본질은 역시 변하지 않은 것처럼 느껴졌다.

"동굴 안에 흩어진 PK들에게 들키지 않게 한꺼번에 쓰러뜨릴 방법을 모색하는데, 네가 동굴 안으로 들어가서 알아서 잘 모아준 덕분에 일망타진할 수 있었던 것은 감사하지."

"그런 걸로 감사받고 싶지 않은데……."

나는 한차례 어깨를 늘어뜨렸다가 플레인을 올려다보았다.

"어이, 플레인 씨! 슬슬 철수하죠!"

"토비아가 부르는군. 나는 다음 사냥감을 찾으러 가지. 너는 이제부터 여기저기 쏘다니면서 많은 놈들을 끌어들여! 우리가 죄다 잡아먹을 테니까."

나는 내심 '트러블을 불러모으고 싶지 않아!'라고 항의하고 싶었지만, 코웃음을 칠 게 뻔했기에 플레인과 토비아의 [옥염대] 멤버가 떠나는 걸 앉은 채로 지켜보았다.

동굴에서 탈출하는 데에 괜히 시간을 잡아먹어서 이미 해가 기울기 시작했다.

나는 간신히 일어설 수 있게 되자, 그대로 [비룡산맥]을 내려가서 제1마을로 향했다.

하지만 속도 상승 인챈트로 달리는 나보다도 태양이 지는 쪽이 빨라서, 산을 내려간 곳에 있는 폐촌의 메마른 분수 앞에서 나는 멈춰 섰다.

"하하, 아하하……. 결국 퀘스트 미달성인가. 아쉽네."

붉은 기가 도는 하늘을 올려다보며, 게임이지만 꽤나 진지하게 달라붙었기에 조금 아쉬운 기분이 들었다.

"약사 할머니는 기대했겠지? 아니, NPC가 그렇게 생각할 리 없지."

혼잣말에 자조적인 웃음이 떠올랐다.

타쿠처럼 스마트하게 행동할 수 없다. 뮤우처럼 멋지게 싸울 수 없다. 세이 누나처럼 요령 좋게 행동할 수 없다.

내가 할 수 있는 건 진흙내 나고 꼴사납지만 포기하지 않는 것이었다.

그러면 운 좋게 승기가 돌아오거나 여러 지인들이 손을 내밀어준다.

하지만 이번만큼은——

"하아, 포기하고 싶지 않지만, 역시 이번에는 안 되네."

지금부터 아무리 빨리 달려도 늦는다.

"참나, 웃음이 나오네. 이런 한심한 모습이니까 [보모] 같은 얼빠진 별명을 얻는 거지."

자조처럼 중얼거리면서 산 너머로 가라앉으려는 태양을

바라보기 위해 나는 분수 가장자리에 앉았다.

모처럼 도중까지 순조로웠는데, 그런 PK 집단에게 찍히는 바람에 괜한 시간을 소비하였다. 게다가 동굴을 빠져나온 직후에 힘이 빠져 주저앉다니 시간 낭비에 불과하다.

여기까지 와서 나는 포기하였다.

"하아, 스스로가 한심하다. 아…….."

그렇게 중얼거린 순간 껴안고 있던 자쿠로가 내 품에서 도망치고——내 머리에 물이 쏟아졌다.

무슨 일인가 싶어서 고개를 들자, 눈앞에서 콧김 가쁘게 이쪽에 머리를 부딪치는 뤼이가 있었다.

"뭐, 뭐야……."

왜 이러는지 물으려고 하자, 뤼이가 다짜고짜 다시금 물구슬을 머리 위에서 쏟아부었다.

"아, 아니, 잠깐! 화내는 거야?! 왜?!"

다시금 물구슬을 뒤집어썼다.

진흙을 뒤집어쓰고, 호수에 잠수하고, 마지막에는 뤼이 때문에 흠뻑 젖는 하루였다.

그렇게 생각하면서 물에 젖어서 쳐진 머리를 쓸어 올리며 뤼이를 바라보자, 그 모습에 변화가 생겼다.

몸에서 강한 빛을 뿜어서 눈도 뜨고 있을 수 없을 만큼 눈부셨다.

그 빛의 중심에서 가까스로 보이는 윤곽이 서서히 변화하고, 빛이 수그러들었을 때 거기에는 멋진 뿔이 난 어른 상태의 뤼이가 있었다.

　── [새끼] 상태의 사역 몹이 [어른] 상태로 이행합니다. 이것
으로 [새끼] 상태에서의 능력 제한이 해제됩니다.
　── 새끼 육성에 따른 EX 스킬 [유수화]와 [성수화]를 취득했
습니다. 유수화를 하면 소환 코스트를 삭감하는 대신 능력 제한이
발생합니다.

　한 번에 두 가지 인포메이션을 받고 어른이 된 뤼이를 올
려다보았다.
　멋진 유니콘으로 성장한 뤼이는 새끼 때와 마찬가지로 내
머리에 목덜미를 비벼댔다.
　갑작스러운 변화에 놀란 자쿠로는 흠뻑 젖은 내 품으로
뛰어들었다.
　"하하하……. 이 타이밍에 성장했나. 완전히 만화 같은 전
개야."
　그리고 어른이 된 뤼이는 서로의 높이를 맞추는 동시에
목의 움직임만으로 자기 등을 가리켰다.
　"타라는 건가? 뤼이가 전력으로 달리면 안 늦나? 약사 할
머니에게 소재를 가져다주는 건 이미 포기했는데, 다시금
하게 하다니 스파르타잖아."
　그렇게 말하면서도 나는 자쿠로를 고쳐 안고 뤼이의 등에
올라탔다.

안장도 등자도 없다. 애초에 승마 경험도 없는 나는 TV 등에서 본 기억을 따라서 뤼이에 올라탔다.

뤼이의 목에 매달리고 다리로 뤼이의 몸을 단단히 붙들었다.

어른이 되어서도 변함없이 매끄러운 갈기의 감촉을 느끼자, 뤼이가 뒷다리로 일어서서 단숨에 시야가 높아졌다.

"이건 좀 무섭네."

그 혼잣말을 신호로 뤼이가 달렸다.

갑자기 몸이 뒤로 쏠려서, 승마라기보단 제트코스터의 급발진 같은 풍압을 느꼈다. 갑자기 달리기 시작했기 때문에 다급히 뤼이의 목을 세게 껴안고 떨어지지 않도록 그 몸을 다리로 세게 조였다.

주위의 광경을 볼 여유는 없지만, 곧 폐촌 입구를 지나서 [호리어 동굴]로 들어갔다.

"우와아아아!"

스켈톤이나 스펙터 등의 언데드 몬스터가 출현하는 동굴에 속도를 죽이지 않고 돌입했다.

로데오 머신과 제트 코스터의 복합 같은 상황에 또 호러 요소의 배경도 더해져서 나는 한심한 비명을 지를 수밖에 없었다.

"거기를 지나게?! 최단 코스지만 유령이 있어!"

바로 옆을 보는 나와 순간 눈이 마주친 뒤에 사라지는 스펙터나 이쪽을 붙잡으려고 차례로 팔을 뻗다가 튕겨나가는 스켈톤들에 내 비명은 멋지 않았다.

"뤼이! 스톱! 스톱! 거기로 돌진하지 마!"

기다리는 스펙터들이 집단으로 앞을 가로막았다.

실체를 갖지 않은 스펙터를 회피할 방법이 없는 뤼이는 그대로 더욱 가속하면서 스펙터들을 향해——[정화]를 날렸다.

"……뤼이?"

청량한 빛과 함께 눈앞을 가로막던 스펙터의 벽은 바람에 날려가듯이 모습이 무너져서 빛의 입자로 변하고 길이 열렸다.

어른이 된 뤼이는 소지한 능력이 격이 다르게 성장했는지, 자신만만한 분위기인 채로 계속 달렸다.

계속해서 앞길을 막는 스켈톤들을 날려버리고, 거기에 다른 스켈톤이 부딪쳐서 휘말리듯이 쓰러지는 모습은 마치 볼링핀 같았다.

그리고 돌입했을 때 이상의 속도로 [호리어 동굴]을 돌파한 뤼이는 그대로 동굴 밖으로 크게 점프했다.

"하양?!——!"

커다란 도약에 의한 순간적인 부유감.

나는 뤼이에게 매달리면서 착지의 충격을 버텼다.

그대로 가도를 달려서 제2마을을 스치듯이 통과하여 제1마을로 향했다.

대충 뤼이를 타는 것에 익숙해진 내가 고개를 들고 태양

위치를 확인하자, 해는 마을 저편으로 떨어지고 있었다.

"이대로는 퀘스트에 늦어. 이 이상 심장에 안 좋은 경험은 싫지만 마지막에 이겨보자! 〈인챈트〉——스피드!"

뤼이를 대상으로 속도 상승 인챈트를 걸어서 더욱 속도가 붙고, 귓가를 스치는 바람이 윙윙 시끄럽게 느껴졌다.

블레이드 리저드의 옆을 빠져나가고 빅보어의 덩치를 뛰어넘고, 초원에 도달해선 슬라임이나 초식동물 등의 피라미 몹을 걷어차면서 질주했다.

제1마을로 뛰어들기 직전, 안개가 우리의 몸을 감쌌다.

이대로 가다간 사람과 부딪치겠다고 생각했지만, 맹스피드의 뤼이를 신경 쓰는 플레이어조차 없었다.

다들 뤼이나 거기에 탄 나나 자쿠로가 안 보이듯이……
아니, 실제로는 무슨 스킬을 쓴 것인지 유령이라도 된 것처럼 차례로 사람을 빠져나가며 질주했다.

이것은 여태까지 제한되었던 뤼이의 환술 능력의 진짜 모습인지 생각하면서 통행인이 없는 것처럼 돌파하고 드디어 약가게 앞까지 도착했다.

거기서 매달릴 힘이 다한 나는 미끄러지듯이 뤼이에게서 내려왔다.

"뤼이. 고마워."

처음 해보는 승마에 떨리는 다리로 일어나서 뤼이의 목덜미를 쓸어주었지만, 뤼이는 그걸 피하면서 오히려 그 훌륭한 뿔로 박치기를 하였다.

마치 이쪽은 됐으니까 얼른 가라고 하는 듯한 모습에, 얌전히 약가게로 뛰어갔다.

"……소재를 전부 가져왔어요."

비틀비틀 걸으면서도 약사 노파 앞으로 쑥 내밀 듯이 퀘스트 아이템을 보여주었다.

"흥. 아슬아슬했군. 하지만 조금은 괜찮은 녀석인 모양이군. 그럼 얼른 이 재료로 내 병의 특효약을 만들게 해볼까."

나는 약사 노파의 떨리는 손에 이끌려서 비틀비틀 안쪽 공방으로 들어갔다.

그리고 노파가 내 옆에 서서 세 종류의 소재를 처리하는 방법을 구두로 전해주었고, 나는 그 가르침에 따라 약을 만들었다.

소재를 모으는 건 힘들었지만, 약을 만드는 건 그와 비교해서 꽤나 편하다.

세심한 처리방법이나 섞는 법은 내가 해왔던 [조합]이나 요리 방식에 가까워서, 순조롭게 만들 수 있었다.

그리고 마지막으로 완성된 약을 약사 노파의 눈앞에 놓았다.

"처음 치고는 잘했군. 어디, 써볼까."

아직 살짝 따뜻하고 찐득한 액체인 약을 마시기 힘들어하면서도 목에 흘려 넣는 노파.

그리고 눈을 감고 뭔가 기다리듯이 침묵했다.

그러자 여태까지 희미하게 떨리던 손끝이나 어깨의 흔들

림이 차츰 가라앉았다.

"약이 듣는 모양이군. 네 덕분에 약사로서 현역으로 있을 수 있겠다."

주름살 많은 얼굴로 히죽 하고, 부드럽다기보다는 도발적인 느낌의 웃음을 짓는 노파.

그리고 노파의 말이 이어졌다.

"네게는 내 약사로서의 지식을 전수해줄 테니까 언제든지 오거라. 그리고 나를 할머니라고 불러. 친한 이들은 다들 그렇게 부르니까."

그 말과 함께 약사 노파, 아니 할머니가 약의 조합실에서 나와서 가게 카운터의 의자에 앉고 퀘스트 클리어가 되었다.

── **퀘스트 [약사의 병 치료]를 클리어했습니다.**

클리어 보수는 퀘스트칩 4개에 5만 G로 제법 많았지만, 솔직히 이번에 PK들에게 당할 뻔했던 걸 생각하면 별로 수지가 안 맞는 이벤트로 느껴졌다.

하지만 그런 말은 하지 않고 가게를 나오자──

"······뤼이."

가게 앞에서 기다리던 뤼이와 그 등에 올라탄 채로 내려올 수 없어진 자쿠로를 보고 간신히 여유 있는 미소를 지을 수 있었다.

"고마워. 네 덕분에 퀘스트를 클리어할 수 있었고, 약사 할머니의 병을 고칠 수 있었어. 정말로 고마워."

내가 뤼이의 목덜미를 쓰다듬자, 기분 좋은 듯이 눈을 가늘게 떴다.

이대로 약사 할머니에게서 새로운 조합 레시피를 배우는 연쇄 퀘스트가 발생했지만, 지금은 [아트리엘]로 돌아가서 뤼이나 자쿠로와 느긋하게 보내고 싶다.

종장 퀘스트칩과 퀘스트 소화률

약사 할머니의 병을 치료한 뒤, 기력을 보충하기 위해 나는 다음 날 [아트리엘]에서 느긋하게 지냈다.

나는 지금 추위 대책으로 카펫을 깐 돌바닥 위에서 뤼이에게 무릎베개를 해주고 있다.

[아트리엘]의 작은 점포에는 어른이 된 뤼이의 큰 몸이 들어가지 않기에, 새롭게 취득한 EX스킬 [유수화]를 써서 이전의 모습으로 되돌리자, 마음껏 어리광을 부려왔다.

자쿠로도 발이 시리지 않은 카펫이 마음에 들었는지, 탕파 대신인 합성 몹 히트젤을 껴안고 기분 좋게 두 꼬리를 흔들었다.

"뤼이가 어른이 됐지. 그럼 거기에 맞춰 여러 장비 같은 걸 준비해야겠고, 마기 씨네한테도 전해야겠지."

나는 그렇게 중얼거리면서 내 무릎을 밴 뤼이의 갈기를 빗질하였다.

병을 치료한 약사 할머니에게 새로운 조합 레시피를 배운다는 퀘스트도 남았다.

하지만 지금만큼은 느긋하게——

"언니! 뤼이가 커졌다는 게 진짜야?!"

——있을 순 없겠다.

[아트리엘]의 문을 힘껏 연 뮤우는 가게 안에 냉기가 들어

오는 것도 아랑곳하지 않고 문을 열어놓은 채로 들어왔다.

"뮤우. 추우니까 문 닫아."

또 조용히 들어오라는 불평을 하려고 했지만, 뮤우의 뒤에서 다른 사람이 모습을 보였다.

"뮤우, 너무 앞서가잖아. 하아하아, 언니 힘들어."

"마기 씨까지 같이 오다니, 보기 드문 조합이네."

뮤우의 뒤에서 [아트리엘]에 뛰어 들어와서 문을 닫은 것은 마기 씨였다.

"아앗! 윤 언니도 동복으로 갈아입었네! 여태까지 옷과 비교하면 노출도는 낮지만, 이건 이거대로 귀여워!"

처음 보는 내 동복 장비에 뮤우가 놀라 소리쳤지만, 여동생에게 귀엽다는 소리를 들어서 나는 다소 쇼크를 받았다.

"그래, 윤 언니가 귀여워서 잊어버릴 뻔했어! 뤼이야! 뤼이! 어른이 된 모습 보여줘!"

뮤우는 그렇게 말하며 뤼이의 얼굴 앞으로 돌아왔지만, 뤼이가 곧 휙 고개를 돌리는 바람에 나와 마기 씨가 쓴웃음을 지었다.

"자, 자, 너무 억지로 그러면 안 돼."

"우웃, 하지만 보고 싶어."

마기 씨의 그런 나무람을 듣고 뤼이에게서 슬쩍 떨어지는 뮤우. 눈으로 마기 씨에게 인사를 하자 작은 쓴웃음이 돌아왔다.

"그보다 그 정보는 어디서 들었어? 뤼이가 성장한 건 어제

일인데?"

"목격자가 있었어! 어제 평원을 질주하는 커다란 백마가 갑자기 사라졌다가 다음에 마을에서 나타났다고! 그 옆에 윤 언니가 있으면 자연히 알지!"

아하, 성장한 뤼이의 환술은 남에게 그렇게 보였나. 갑자기 모습을 감췄다가 다시금 출현하면 눈에 띄겠다고 생각했더니, 뤼이가 내 무릎 위에서 물러나서 환술로 모습을 감추었다.

"뭐, 뮤우도 마기 씨도 모처럼 와줬으니까 차와 케이크 정도는 대접할게."

"와아! 케이크다! 케이크!"

"그래. 그럼 내친 김에 정보 교환도 할까."

나는 전에 뮤우가 케이크 가게 앞에서 고민하다가 포기했던 딸기 케이크와 과일 롤 케이크를 내놓아 잘랐다.

"와아, 두 종류나 있어! 게다가 이건!"

"뮤우가 주문을 포기했던 크리스마스 케이크. 뭐, 본직에 못 미치는 실력이지만 일단."

"기뻐! 그럼 양쪽 다 먹을게!"

내가 홍차를 준비하자, 뮤우는 얼른 두 종류의 케이크를 비교하면서 먹기 시작했다.

"마기 씨도 드세요."

"나는 딸기 케이크만 먹을게. 대신 리쿠르에게도 케이크 부탁해."

마기 씨의 어깨에서 내려온 새끼 늑대 리쿠르는 자쿠로와 나란히 케이크가 나오는 것을 기대하며 올려다보았다.

"알았어요. 그쪽도 준비할게요."

나는 자쿠로와 리쿠르용의 접시로 준비하고, 그 뒤에 내 컵에 홍차를 따라서 한숨 돌렸다.

"자, 정보교환 말인데, 뭣부터 말할까?"

마기 씨가 그렇게 말을 꺼냈지만, 뭣부터 말하면 좋을지 내가 생각하는 사이에 뮤우가 케이크를 홍차로 꿀꺽 넘기고 기운차게 대답했다.

"각자가 입수한 퀘스트칩의 개수랑 그걸 어떻게 입수했는지를 서로 가르쳐주는 건? 참고로 나는 41개."

3주 가까이 개최되는 겨울 이벤트는 지금 딱 1주일이 지난 참이다. 그런데 벌써 그렇게 모았나 싶어서 놀랐더니, 뮤우는 우리의 모습을 보고 의기양양한 얼굴을 하였다.

"뮤우는 많네. 나는 25개."

"오! 윤 군, 의외로 애썼잖아. 나는 지인 플레이어에게 방어구 한랭처리나 납품 퀘스트를 받아서 20개."

"그럼 [대장]쪽 생산 퀘스트는 다 받았나요?"

"그런 윤 군은 어때?"

"아직 [조합]쪽 생산 퀘스트는 하는 도중이에요. 그 전의 귀찮은 소재 수집 퀘스트를 클리어한 단계지요."

"그럼 얼른 진행하는 편이 좋아. 나는 여러 생산 레시피를 퀘스트 보수로 받았으니까."

내가 [조합] 센스로 만들 수 있는 소재의 납품 퀘스트를 완료시켰더니 발생한 약사 할머니의 퀘스트에 관해 설명하자, 즐거운 듯이 웃는 마기 씨.

"헤에, 특정 센스를 가지면 발생하는 퀘스트도 있구나. 나는 거의 퀘스트 보드에 있는 단발 퀘스트뿐이라서, 귀찮은 연쇄 퀘스트나 숨겨진 퀘스트는 받지 않았어."

"그럼 내가 모은 정보 줄까요? 숨겨진 퀘스트의 힌트인데, 나 혼자서는 다 못 받으니까요."

"정말?! 고마워!"

"마기 씨만 주고 너무해! 나한테도 가르쳐줘!"

"나 참. 어쩔 수 없어. 생산계 퀘스트라서 뮤우랑은 관계없어."

뮤우가 입에 잔뜩 넣은 케이크를 넘겼을 때, 나는 숨겨진 퀘스트의 힌트를 뮤우에게도 가르쳐주었다.

내가 받는 것은 심부름 퀘스트가 중심이기 때문에 토벌 쪽의 숨겨진 퀘스트 등은 뮤우에게 맡기자고 생각했다.

"그러고 보면 아까 퀘스트 보드를 확인하러 갔더니 현재 이벤트 퀘스트 소화률이 내걸려 있었어. 대충 절반 정도가 달성된 모양이야."

"그렇다면 앞으로 2주 동안 퀘스트 소화률을 올려야 하나."

"하지만 어렵지 않을까? 시간이 진행될수록 개인적으로는 퀘스트 소화률보다도 퀘스트칩 수집을 우선하잖아? 정보부족인 퀘스트 받기보다도 이미 효율화된 퀘스트 수주가 중심이 될 거 같아."

마기 씨가 이벤트에 대해 걱정했지만, 나는 그렇게 걱정하지 않았다.

그중에는 검증 매니아나 뮤우나 타쿠처럼 폐인들이 있다. 다소는 퀘스트 소화률이 고민일지도 모르지만, 그래도 남은 시간 동안 천천히 풀어나가자고 생각했다.

게다가 아직 효율이 나쁘지만, 간단한 잡무 쪽의 숨겨진 퀘스트가 남아 있을 것이다.

나는 [조합] 쪽의 생산 퀘스트를 받으면서 그런 퀘스트도 함께 받을 생각이다.

일단 목표로는 퀘스트칩 50 정도는 달성하고 싶다는 마음으로 겨울 퀘스트 이벤트는 계속되었다.

──스테이터스──

NAME : 윤

무기 : 검은 소녀의 장궁

부무기 : 마기 씨의 식칼, 고기 써는 식칼 중흑, 해체식칼 창무

방어구 : CS No.6 오커 크리에이터 (하복, 동복)

액세서리 장비 한계 용량 (2/10)

– 페어리 링 (1)

– 대신하는 보옥의 반지 (1)

소지 SP 45

[마궁 Lv6] [하늘의 눈 Lv14] [간파 Lv24] [준족 Lv20]

[마도 Lv18] [부가술 Lv41] [조교 Lv21] [지 속성 재능 Lv29]

[조약사 Lv3] [생산직의 소양 Lv3]

대기

[활 Lv50] [장궁 Lv30] [연금 Lv44] [합성 Lv44] [조금 Lv25]

[요리인 Lv15] [수영 Lv15] [언어학 Lv24] [등산 Lv21]

[신체내성 Lv5] [정신내성 Lv4] [물리공격 상승 Lv7]

[선제의 소양 Lv8] [급소의 소양 Lv8]

퀘스트 도중 결과

– 겨울 퀘스트 이벤트의 퀘스트 소화률──52퍼센트

– 윤의 소유 퀘스트칩 개수──25개

– 윤의 퀘스트 소화 상황──[조합]계 생산 퀘스트 진행중

처음이신 분, 오래간만인 분, 안녕하세요. 아로하자초입니다.

이 책을 손에 들어주신 분, 담당 편집자 O 씨, 부담당편집자 A 씨, 작품에 멋진 일러스트를 준비해주신 유키상 님, 또 출판 이전부터 인터넷에서 제 작품을 봐주신 분들께 다대한 감사를 드립니다. 현재 OSO 시리즈는 드래곤매거진에서 외전 백은의 여신을, 드래곤 에이지에서 하니쿠라운 님의 코미컬라이즈판을 연재하고 있습니다. 코미컬하고 큐트한 코믹스판의 윤 일행의 활약이나 본편에서는 그릴 수 없었던 뮤우네 파티의 귀여운 모습이나 멋진 활약을 볼 수 있습니다. 꼭 손에 들어주시길 바랍니다.

이번 화제는 [영화]로 할까 합니다.

저 자신은 영화관에 가는 타입의 인간이 아니라 아버지가 마구잡이로 빌려오는 영화 BD를 함께 보는 인간입니다. 역시 많은 것은 헐리우드의 패닉 영화나 아메리칸 코믹스의 히어로 영화입니다.

어렸을 적에는 우와, 대단하다, 라고 하면서 보았던 영화입니다만, 최근에는 연출은 어떠네, 컷 분할의 타이밍, CG 기술의 사용, 알기 쉬운 플래그는 어느 대사다, 같은 생각을 하게 되어서 이게 직업병인가 싶어서 혼자 시선을 흐립니다.

그리고 패닉 영화에 나오는 주인공의 동료 내지 친구를 보면──[이 인간, 분명히 불행한 일과 만난다]라고 직감합니다. 그리고 대개의 영화에서는 그 생각대로 몬스터의 습격을 받거나 자잘한 실수로 궁지에 빠진 주인공 일행의 도주를 위해 치명상을 입는 등 여러 전개에서 퇴장합니다만, 경우에 따라서는 생환합니다.

그 경우에 [아아, 영화의 몇 안 되는 양심적 존재가 살아남았다]라고 위안을 느끼는 것은 다소 특이한 영화 감상법일지도 모릅니다.

또 마음이 내키면 새로운 영화 BD라도 빌려보고 싶습니다.

앞으로도 저, 아로하자초를 잘 부탁드립니다.

마지막으로 이 책을 손에 들어주신 독자 여러분께 다시금 감사를 드립니다.

또 여러분을 만날 날을 기대하겠습니다.

2016년 4월 아로하자초

Only Sense Online Vol.9
©Aloha Zachou, Yukisan 2016
First published in Japan in 2016 by KADOKAWA CORPORATION, Tokyo.
Korean translation rights arranged with KADOKAWA CORPORATION, Tokyo.
Korean translation rights ©2017 by Somy Media, Inc.

온리 센스 온라인 9

2017년 8월 8일 1판 1쇄 인쇄
2017년 8월 15일 1판 1쇄 발행

저   자 아로하자초
일 러 스 트 유키상
옮 긴 이 한신남
발 행 인 유재옥
본 부 장 조병권
담당편집자 김민지
편   집 권오범 김다솜 김민지 박찬솔 정영길 조찬희 이슬아
라이츠담당 오유진
디 지 털 홍승범 박지혜
발 행 처 ㈜소미미디어
등   록 제2015-000008호
주   소 서울시 마포구 토정로222, 403호(신수동, 한국출판콘텐츠센터)
판   매 ㈜소미미디어
마 케 팅 한민지
전   화 편집부 (070)4164-3962, 3963 기획실 (02)567-3388
            판매 및 마케팅 (070)4165-6888, Fax (02)322-7665

ISBN 979-11-6190-015-5 04830
ISBN 979-11-5710-083-5 (세트)